大江戸かあるて　桜の約束

杉山大二郎

集英社文庫

目次

大江戸かあるて
桜の約束

第一章

父の思い

一

大海原《おおうなばら》のような麦畑が広がっている。

初夏の匂いをたっぷりと孕《はら》んだ柔らかな風が吹いた。

煌《きら》めく夕日を浴びて、十重二十重《とえはたえ》に黄金《こがね》色の大小の波が走り行く。

厳しい冬の寒さを土の中でじっと耐えてきた小麦が、もうすぐ収穫のときを迎える。

碓氷《うすい》峠を往来する馬子《まご》衆が口ずさむ馬子唄の「小諸《こもろ》出てみりゃ　浅間《あさま》の山に　今朝も三筋の　煙り立つ」の通り、丘陵大地を埋め尽くした麦穂《ばくすい》の果てには、雄大な浅間山が白い噴煙を燻《くゆ》らせていた。

「駿《しゅん》、どこなの」

茜《あかね》が叫んだ。

齢《よわい》七つの少女の愛らしい声が、真っ青に澄んだ空に抜ける。

駿は、麦畑の中を掻《か》き分けるように進む。ひとところだけ、麦が風とは逆向きに揺れてしまった。

「駿、そこにいるの」

茜が畝《うね》と畝の間を小走りに駆けて近づいてくる。

観念して駿は麦の間から顔を出した。

駿は茜より、ひとつ年上だ。擦り剝《む》いた鼻先が赤く腫《は》れていたが、少しも気にしない。

麦は二尺（約六十センチ）ほどに高く盛られた畝に植えられて、さらに三尺を超える草丈にまで生長する。

収穫前の麦畑は、子供たちにとっては、かくれんぼに丁度良い。大人から幾度叱られようとも、この楽しい遊びをやめることはできなかった。

「あっ、駿」

「ちぇっ。見つかっちまったか」

「もう、駿ったら。どこにいたのよ」

茜が泣きべそを掻いている。

「茜は泣き虫だなぁ」

「いくら探しても見つからなくて、駿がいなくなっちゃったかと思った」

「どこへも行きやしないさ」

「いつも茜のそばにいてね」

茜が小さな手で、駿の袂《たもと》を必死に握り締めてきた。

「わかった。一緒にいてやるよ」

「ずっとだよ」

「わかったってば」

「ほんと。約束だよ」

「ああ、約束だ。俺たちはずっと一緒だ」

胸を張った途端に、くるるるっと駿の腹が鳴った。

「お腹《なか》が空《す》いているの」

茜が小首を傾《かし》げる。つぶらな瞳がまっすぐに向けられた。

心配そうな茜の顔を見ているだけで、駿はいたたまれない気持ちになる。

「減ってないよ」

視線を逸《そ》らした。

本当は今朝からほとんど何も食べていない。汁ばかりの稗飯《ひえめし》を、椀《わん》に少しばかり母と二人で分け合っただけだ。

駿の家は、母一人子一人だった。

貧しい小作農の暮らしは、三度の食事が二度になったり、それが時により一度にさえなってしまうことも珍しくない。

干魃《かんばつ》や蝗害《こうがい》に襲われれば、芋の蔓《つる》を齧《かじ》って幾日も耐え忍ぶことだってあった。

「だって、お腹の虫が鳴いたよ」

茜が無邪気に上目遣いで見つめてくる。

心から案じてくれていることくらい、いくら幼い駿でもわかる。

「大丈夫だって」

それでも、歯を食いしばって首を横に振った。

「茜の家から、何か食べるものを持って来ようか。蒸《ふ》かしたお芋があったと思うの」

茜が踵《きびす》を返して駆け出そうとする。

その小さな肩を摑《つか》んで、引き止めた。

「いらないよ」

くるるるっ。再び腹が鳴った。

ふんっと、胸の内で舌打ちをする。

苛立《いらだ》つと、なんだか余計に空腹が増したような気がした。

「でも……」

不機嫌さを隠し切れない駿の声に、茜が不安そうに瞳を揺らす。

「減ってないって言っただろう」

少し声が荒くなってしまった。

茜が、ビクッと小さな躰《からだ》を震わせる。

なんで怒ったりしたのだろうか。

自分の顔が秋の熟れ柿のように真っ赤になっているのがわかる。それが堪《たま》らなく恥ずかしくて息苦しかった。

茜が悪い訳ではない。

だけど村名主の娘で、裕福な暮らしをしている茜には、どうせ、わからないことだ。食べるものがなくて、泣きたくなるほど腹を減らした記憶などないだろう。

どうして俺の家は貧乏なのだろうか。

そう思うと、やり切れなかった。

「俺、もう帰るよ」

「駿……」

縋《すが》るような茜の視線を振り切って、駿は麦畑から駆け出した。

二

「どこに行ってたんだい」

駿が家に帰るなり、母の鶴《つる》が戸口のところに仁王立ちになって迎えた。

天明《てんめい》元年（一七八一）皐月《さつき》。

上野国《こうずけのくに》（群馬県のあたり）に玉宮《たまみや》村という小さな農村があった。

「ちょっと畑の具合を見てきただけだよ」

茜と遊んで来たとは言わない。茜とは幼馴染《おさななじ》みだ。物心ついた頃から、いつも一緒に遊んでいる。

二人が年を重ねるに従って、鶴は駿が村名主の娘である茜と会うことに、あまり良い顔をしなくなった。

それがなぜなのか、駿にはわからない。

「使いに出たっきり、一刻《いっとき》（約二時間）も戻ってこなくて、どこがちょっとなんだろうね」

両手を腰に当てて、鶴が睨《にら》んでいる。が、その目元は緩んでいて、言うほど怒っている訳ではないようだ。

駿が使いに出たきり、そのまま遊びに行ってしまうことは、珍しいことではないのだ。小川を渡ろうとして透明な川面《かわも》に小魚の銀鱗《ぎんりん》が躍っているのを見つけただけで、気がつけば清水の中に飛び込んでしまう。

山に薪《たきぎ》を拾いに入れば、たちまち山菜や茸《きのこ》を採ることに夢中になってしまった。なんにでも、すぐに興味を持ってしまう。ひとたび夢中になれば時を忘れて没頭し、とっぷりと陽《ひ》が暮れてしまっていることも珍しくない。

「ちょっと寄り道しただけだよ」

「どこがちょっとなのよ」

「ちょっとは、ちょっとさ」

駿が家の中に入ろうと、戸口に立つ鶴の脇を駆け抜けようとする。が、鶴に腕を掴まれて止められてしまった。

「もう、待ちなさい。おまえ、鼻の頭を怪我《けが》してるじゃないの」

「大したことないよ」

「いいから、見せなさい」

手を引っ張られるようにして、土間の奥の水瓶《みずがめ》の前まで連れて行かれる。

鶴が首にかかった手拭いを手に取り、水瓶から柄杓《ひしゃく》で掬《すく》った水を含ませた。

「おまえはいつだって、怪我が絶えないね」

やれやれといった表情が浮かぶ。にもかかわらず、鶴の双眸《そうぼう》は穏やかに和んでいた。濡《ぬ》らした手拭いで、駿の鼻の頭の傷を丁寧に拭ってくれる。

「痛《いて》っ」

駿が鼻を震わせ、思わず声をあげた。

「あら、染みたかい」

「平気だよ」

「これ、麦の茎で擦り剝いたんだろう。また、麦畑でかくれんぼかい」

「う、うん……」

「麦畑で遊んじゃいけないって、何度言ったらわかるんだ」

母の小言も、いつものことだ。

「ごめんよ、母ちゃん」

「いくら言っても、聞かない子だね。少しは涼《りょう》ちゃんを見習ったらどうだい」

涼は隣に住んでいる伝五郎《でんごろう》の息子で、駿と同じ八歳になる。

駿の父の作蔵《さくぞう》と伝五郎は従兄弟《いとこ》で、互いに早くに二親を亡くしたこともあり、隣家同士で助け合って暮らしてきた。

五年前に作蔵が流行病《はやりやまい》で亡くなり、鶴と駿が母一人子一人になってから、両家の結びつきは、さらに深いものになっている。

駿の家も涼の家も、この辺りの大地主である荒井《あらい》家に使われている小作人なのだが、両家で支え合いながら、猫の額のような小さな土地で小麦と米の二毛作をして、他には自分たち家族だけが口にできるくらいの僅かな野菜を育てて、辛うじて暮らしを立てていた。

「涼は難しい本ばかり読んでいるんだ。いったい、何が面白いんだろう」

「手習い所の健史郎《けんしろう》先生が言っていたよ。ずいぶんたくさんの子を教えたけど、七つで『百姓往来《ひゃくしょうおうらい》』を空で言えるようになったのは、涼ちゃんが初めてだって。涼ちゃんは、もう算盤《そろばん》もはじめたそうじゃない」

「涼は神童だって、みんな言ってるよ」

「おまえも遊んでばっかりいないで、たまには涼ちゃんに学問を教わったらどうだい」

「母ちゃん」

駿が表情を引き締める。

「なによ」

「俺が学問ばかりしていたら、どう思う」

「そんな姿を見たら、悪い病で熱でも出たんじゃないかって、母ちゃん、心配になっちゃうよ」

「そうだろ」

「そうだね」

母子《おやこ》して顔を見合わせると、間を置かずに二人して吹き出した。

「やっぱり、駿は駿らしくいてくれれば、母ちゃんはそれでいいよ」

「俺らしくって、どうすればいいの」

齢八つの駿にとって、母の言葉は少し難しい。

「それは……」

鶴が一呼吸する間、駿を見つめながら思案した。

「……いつも通りでいいってことだよ」

それから柔らかな笑みを溢《あふ》れさせる。

「うん。わかった」

駿は大きく頷《うなず》いた。

「それでもね、おまえに読み書きぐらいは教えてやりたかったけど、母ちゃんもまったくできないから。せめて父ちゃんが生きていてくれたらね」

鶴の笑顔の端に、寂しげな影が差す。

「父ちゃんは読み書きができたの」

「ああ、できたよ」

「算盤もできたの」

「算盤だって得意だったね」

鶴がまるで己のことのように胸を張った。

「父ちゃんって、どんな人だったの」

「なんだい、藪《やぶ》から棒に」

「なんとなく……」

作蔵が亡くなったのは、駿がまだ三歳の頃だ。

父の記憶はほとんどない。夢に出てくる父の顔は、いつも少しぼやけていた。

母とは父について、詳しい話をしたことがなかった。

父が亡くなって、まだ五年だ。母だって、傷は癒えていないのだろう。

なんとなく、父のことを訊《き》きにくい。

母は父の話を避けている訳でもなさそうだったが、子供心にも、なんだか触れてはいけないような気がしていたのだ。

「駿の父ちゃんはね。それは立派な人だったよ。働き者でね、朝暗いうちから月が頭の上に昇るまで、いつだって一生懸命に鍬《くわ》を振るっていた」

鶴が嬉《うれ》しそうに目を細める。

「村一番だったの」

「いいや」

「違うの」

「村一番じゃない。日《ひ》の本《もと》一の父ちゃんだった」

「ほんとに」

「ああ。母ちゃんの自慢の父ちゃんだった」

「何が自慢だったの」

駿が黒目勝ちの瞳を輝かせた。

「父ちゃんはね。困っている人がいたら、放っておけないんだ。わざわざ出掛けて行って、その人のために自分にできることをするの」

「誰にでも」

「そうだよ。誰にでもだ」

「それって、お節介じゃないか」

「駿、それは違う。お節介っていうのは、己に得があると思って何かをする人のことなんだ。親切に見えて、実は相手のことなんか少しも思っちゃいない。あるのは己のことばかり。でも、仕方ないんだ。誰だって、自分が生きるだけで精一杯なんだから。だけど父ちゃんはね、いつだって自分のことより、苦しんでいたり、困っていたりする人のことを思っていたよ。そういう人だった」

「父ちゃんは偉いね」

「当たり前さ。駿の父ちゃんだからね」

鶴の手が駿の頭の上に置かれ、優しく撫《な》でてくれる。

その手は日々の野良仕事に追われ、ひどく荒れていた。でも、駿はそんな母の手が大好きだった。

「俺も父ちゃんのようになりたい」

心から、そう思う。

「だったら、駿も他人《ひと》のことを思って生きる大人になるんだよ」

「うん、わかった」

父が誇れる人で良かった。

何よりも、母が父のことを話すときに、幸せそうな笑みを浮かべたことが嬉しい。

「それじゃあ、結衣《ゆい》さんのところへ、これを届けておくれ」

帰ってきて一息つく間もなく、用事を言いつけられた。

鶴が指差した先には、麻の袋があった。

「何が入っているの」

結衣は裏山を越えた向こう側に、夫の勘平《かんぺい》と三歳になる娘と三人で暮らしている。

この村に嫁入りしてきたのが、ちょうど鶴と同じ頃だったので、年も近かったこともあり、何かと仲良くしてきた。

夫の勘平は大層な働き者で、コツコツと山を切り開いて、小さいながらも自分の田んぼや畑を持っていた。

初めの頃は、粟《あわ》や稗などの雑穀ぐらいしか収穫できなかったのだが、やがてはわずかながらも麦や米が作れるようになり、年貢も納められるようになった。

そんな勘平が躰を悪くして長い床についてから、もう冬を二度も越している。

近頃では躰を起こすこともままならぬほどで、田畑の仕事には結衣が一人で出ていた。

幼い娘を背負いながら、か細い女手でできる仕事など限られている。

年貢を納めることもできなくなって田畑を手放して銭に替え、地主の情けにより、辛うじて日々の営みを繋《つな》いでいた。

耕す田畑は勘平が開拓したもので変わらぬが、収穫は地主のものになり、手元に残るのはわずかばかりとなる。

今では元から小作人だった駿の家よりも、ずっと厳しい暮らしをしていた。

そんな事情を知って、時折だが、鶴は収穫した野菜を分けてやっていたのだ。

「とっても大きな甘藷《かんしょ》が十本も穫《と》れたんだ。結衣さんに半分を持っていってあげて」

「半分も持っていくの」

結衣の家は大人の男を含めた三人家族で、それに比べて駿の家は母と自分の二人だけだ。甘藷を五本ずつ分ける道理がわからぬ駿ではない。

だが、駿の家だって、貧しい暮らしをしている。雨風が続けば日々の食べ物に事欠くことさえあるのは、結衣の家となんら変わりはない。

今朝だって、稗で作ったわずかな雑炊を母子で分け合ったばかりだ。

鶴は自分の分を減らして、育ち盛りの駿の椀に多めによそってくれていた。

いくら駿が幼くても、それくらいのことには気づく。

それでも空腹に負けて、気がつかないふりをした。

お腹が減ったときの自分が嫌いだった。

さっきは茜にも意地悪をした。

「駿は優しい子だね。母ちゃんがお腹を空かせてしまうんじゃないかって、気遣ってくれたんだろう」

「母ちゃん……」

そうではない。本当は自分が食べる分が減ってしまうことを心配しただけだ。

駿は足元を見つめる。

鶴の手が、駿の頬に伸びた。

「ひもじい思いをさせて、ごめんね」

母の手のひらの温《ぬく》もりが、ゆっくりと頬から躰中に広がっていく。

「ううん。俺、腹が減っても大丈夫だよ」

「ごめんね」

鶴は再び、詫《わ》びの言葉を口にした。

母に、そんなことを言わせてしまったことが、口惜《くや》しくてならない。

駿は、ギリギリと両手を強く握り締めた。

「駿、顔をあげてごらん」

上目遣いに見上げると、母の優しい笑みに包まれる。

「母ちゃん」

「辛《つら》いことはね、誰かと分けると半分に減るんだ。だけど、幸せなことはね、誰かに分けても倍に増えるんだよ」

「幸せは、倍に増える」

そう繰り返して口にすると、なんだか胸のあたりが温かくなった。

少しだけ空腹が満たされていくような気がするから不思議だ。

「父ちゃんが、いつもそう言ってたんだ」

母の言葉が、記憶にない父を感じさせてくれる。

「俺も幸せを増やしたい」

鶴が大きく頷いた。

「ほら、見て」

鶴が麻袋の中から、甘藷を取りだして見せる。

「美味《おい》しそうな甘藷だね」

嚙《か》み締めたときの甘藷の味を想像しただけで、口中に唾が溢れてしまった。

「煮ても焼いても甘くて美味しいよ」

そんな様子を、鶴がおもしろそうに見ている。

「これを食べたら、勘平さんも元気になるかな」

「そうだね。きっと、病気だって治っちゃうよ」

「俺、行ってくる」

駿は、笑顔で駆け出した。

三

吾妻川《あがつまがわ》の水面《みなも》が、冬の陽を弾《はじ》いてキラキラと輝いていた。

涼は幼馴染みの駿と一緒に、河辺に野草摘みに来ている。

二人は、ともに九歳になっていた。

天明二年睦月《むつき》七日。

この日は、人日《じんじつ》の節句である。五節句のひとつで、一年の無病息災を願って七草粥《ななくさがゆ》を食べることから、七草の節句ともいう。

邪気を払い、豊作を祈念して、芹《せり》、薺《なずな》、御形《ごぎょう》、繁縷《はこべら》、仏の座、菘《すずな》、蘿蔔《すずしろ》を粥にする。冬に不足しがちな野菜を年の初めに食べることで、病に負けない躰を作る。理にかなった先人の知恵だ。

七草といっても、玉宮村では野原で摘んだ野草に収穫した人参《にんじん》や大根を加え、醬油《しょうゆ》で味をつけて粥を炊く。

下総国《しもうさのくに》の野田《のだ》や銚子《ちょうし》で作られた醬油が、利根《とね》川の水運を使って武蔵国《むさしのくに》の川越《かわごえ》まで運ばれ、川越藩領内の前橋《まえばし》でも、手軽に使われるようになっていた。

酒や醬油など、上等なものは上方《かみがた》から江戸にくだってきたものが多かったが、この頃になると江戸周辺でも、安価にもかかわらず質の良いものが作られるようになっていた。

玉宮村でも、そんな醬油を使って作った七草粥が、好んで食べられていた。

「七草なずな、唐土《とうど》の鳥が、日本の土地へ、渡らぬ先に、はしたたけはしたたけ」

少女たちの歌声が、水面を撫でる風に乗って聞こえてくる。

涼は顔をあげた。

三人の娘が愛らしい声を揃《そろ》えて歌いながら、吾妻川の河辺を跳ねるように歩いてくる。

村名主の荒井清兵衛《せいべえ》の三姉妹だ。末娘の茜は、涼と駿のひとつ年下の八歳で、物心ついた頃から仲良くしてきた。

茜は、八つ上の長姉の菊《きく》と、七つ上の次姉の桜《さくら》に両手を引かれている。

「駿、涼ちゃん、おはよう」

茜が薄紅色に上気した顔をほころばせる。

幼馴染みといっても、茜は駿のことは呼び捨てにして、涼のことはちゃん付けで呼んでいた。

いつからという訳ではないが、気がつけばそうなっていた。

「茜、おはよう」

隣で野草を摘んでいた駿が、屈託のない笑みを返す。

涼も笑顔で立ちあがると、三姉妹に深々とお辞儀をした。

「わたしたちも野草を摘みに来たの。駿と涼ちゃんが一緒なら、いっぱい採れるね。二人とも野草摘みの名人だもの」

茜が子犬がじゃれつくように、涼と駿のまわりで跳びはねる。

「おう、任せておけ。なあ、涼」

駿が人懐っこい笑顔で、まるで己の妹であるかのように、ぽんぽんっと茜の頭を軽く叩《たた》いた。二人の姉の前でも、少しも臆する風もない。

この気さくさが駿の良いところだと思うが、涼にはとても真似《まね》できない。

「姉様。駿と涼ちゃんは、手習い所で一緒に学問を習っているの」

茜が二人のことを紹介した。

「ええ、よく知っているわ。茜ちゃんの口から、二人の話が出ない日はないもの」

「そんなことはないわ」

菊の言葉に、茜が今度は顔を真っ赤に染める。

「ふふっ。どうかしらね」

姉たちはクスクスと笑いながら、互いの腕を突《つっ》き合っていた。

江戸では多くの手習い所が、武家の子弟向けなのか、商家の子弟向けなのか、あるいは百姓の子供らを預かるのか、指南する子を分けている。

身分が違うということもあるが、そもそも学ぶべきことが違うからだ。

武家の子ならば、日本の諸国の名を残らず列挙して書いた『国尽《くにづくし》』を手本に用いた筆道《ひつどう》から教え、教養や領国経営について、文《ふみ》のやり取りの体裁（往来物）でわかりやすく説いた『庭訓往来《ていきんおうらい》』を、やがては四書五経《ししょごきょう》や『六諭衍義《りくゆえんぎ》』などの儒学書を指南する。

これが商家の子となると、商いをする上で大切な心構えや知識、語彙などを説いた『商売往来』を教本として、さらに算盤を使った算術も必須となる。

百姓の子となれば、人としての倫理から農業に必要な知識などを記した『百姓往来』を使って、文字の読み書きを覚えさせた。

だが、こういった身分ごとに手習い所が分かれているのは、たくさんの人が暮らす江戸ならではのことだ。

玉宮村のような田舎の農村では、武家の子も職人の子も百姓の子も、さらには男女の隔てもなく机を並べることは珍しいことではない。あるのは年齢による区別だけだ。

玉宮村で駿州《すんしゅう》浪人内田《うちだ》健史郎が開いている日《ひ》ノ出《で》塾では、朝五つ（八時頃）より主に六歳から十歳の子が学び、師匠の昼餉《ひるげ》を挟んで昼八つ（十四時頃）からは、十一歳より十五歳の子が入れ替わって教えを請う。

涼と駿が日ノ出塾に通いはじめたときには、菊はもちろん桜も年長組で指南を受けていた。

狭い村だから顔を知らぬ訳ではないが、菊や桜と面と向かって口をきくのは、これが初めてだった。

村に暮らしている子供は、それほど多くない。ましてや、村名主の娘である菊や桜は、年の近い男の子とは、滅多に口をきくことがなかった。

十六歳の菊など、年頃の娘らしく、雪白の頬が熟れた桃のように真っ赤に染まっている。無論、それは木枯らしのせいばかりではなかった。

「菊姉様、どうしたの」

「どうもしてないわ」

「でも、お顔が真っ赤よ」

菊や桜の様子が、日頃から見知っている姉たちと違って見えるようだ。

そもそも末っ子の茜は甘やかされて育っていて、姉たちのような厳しい躾《しつけ》は受けていなかった。

小作人の子供である涼や駿とも、親しく遊ぶことを許されていた。姉たちの幼い頃には、考えられなかったことだ。

もっとも、それもそう長くは続かないことを、涼や駿は気づきはじめていたが、茜にはその兆しは見えない。

「入塾して幾日も経《た》たないのに、百人一首をすべて覚えてしまった神童がいるって、健史郎先生から伺ったことがあったの。涼さんのことですよね」

菊が涼に微笑《ほほえ》みかけてきた。

「神童なんて、言い過ぎですよ」

「ううん。立派だわ。背丈だって、わたしと同じくらいだし」

菊の頰がさらに熱を帯びる。

すぐ目の前で、菊の漆黒の瞳が揺れた。

「たしかに学問は好きですけど……」

涼は目線を逸らす。

「どんな本だって、一度でも読めば、すぐに諳《そらん》じることができてしまうとも聞きました」

「いくらなんでも、一度では覚えられません。でも、書物を読むことは大好きです」

桜も身を乗り出すようにして、

「学問だけでなく、剣術や水練も日ノ出塾で一番だと聞きました」

茜とよく似た丸顔を向けてきた。

涼は曖昧に頷くことしかできないでいたが、急に背中を駿が叩いてくる。

「涼よりすごい奴《やつ》は、見たことないぜ」

まるで己のことのように、自慢げに胸を張った。

「俺なんか、まだまだだよ」

「そういうところが、やっぱり神童なんだよな」

いつもながら駿には調子を狂わせられる。それでも、小指の先ほども憎めないのが駿だった。

「もう、それくらいにしてよ」

たしかに塾には武家の子弟もいたし、百姓でも十五歳を超えた子も多く学んでいたが、涼が剣術や水練で抜きん出ていることは、誰もが認めるところだ。

師匠の健史郎が将来の出世を期待して、涼だけは年長組を受講させたいと言い出すほどだった。

涼の父の伝五郎のもとへ、本気で口説きに来たことがあった。

伝五郎は大喜びをしたのだが、涼はこの申し出を丁重に断った。兄弟のように仲良くしている駿や茜と同じ組で学びたかったからだ。

「俺なんか、まだまだ大したことはないさ。それより駿だってすごいと思うよ」

「えっ、俺が」

涼の言葉が意外だったようで、駿が目を丸くしている。

「そうだよ」

「よしてくれよ。玉宮村始まって以来の神童と言われている涼に言われると、かえって惨めになる」

これに茜が割り込んできた。

「そんなことない。駿だって、良《い》いところがいっぱいあるわ」

涼に加勢して、駿を褒める。

茜がむきになる様子を見て、涼は口を噤《つぐ》んだ。

「ないよ、そんなもの」

駿が人差し指の先で、ちょこんと茜の額を突く。

「あるもの」

茜がプクッと頬を膨らせ、眉根を寄せた。むきになった顔も愛らしい。

「ないよ」

「あるわ。岩魚《いわな》や山女《やまめ》を捕らせたら、いつだって駿が一番だし、山で平茸《ひらたけ》や松茸を見つけたり、美味しい筍《たけのこ》を掘り当てるのも、駿は誰にも負けないよ」

「学問とは関係ないじゃねえか。それに浅瀬で小魚を追うのは得意だけど、腰より深いところだと、水に顔をつけるのも怖いんだ。泳ぎはまるっきりだめだ。やっぱり、涼には敵《かな》わないよ」

「でも、蛇や蛙《かえる》を捕るのだって——」

「もう、いいよ。余計に恥ずかしいから」

それでも何か言い返そうとする茜を、菊が年長者らしい節度で窘《たしな》める。

「茜ちゃん。さあ、みんなで野草を摘みましょう」

まだ言い足りなさそうな茜だが、姉たちに促されて、さすがに諦めたようだ。

「はい。姉様」

そんな茜の後ろ姿を、涼はしばらく目で追っていた。

「茜、あんまり離れちゃだめよ」

三姉妹も涼たちと一緒に野草を摘みはじめる。

「うん。わかった」

小春日和《こはるびより》の安らぎとは裏腹に、吾妻川は冬の厳しさを見せつけるように、勢いを増して流れていた。澄んだ水が岩に裂かれ、渦を巻いて飛沫《しぶき》をあげる。

五人は河原で、競い合うように野草を摘んだ。

冬の寒さに強い薺や蒲公英《たんぽぽ》が、あちこちに自生している。日当たりが良いので、少し早いが芹も見つかった。

用意した竹籠が、すぐに一杯になっていく。

涼の視線の先で、茜が真剣な顔つきで野草を摘んでいる。白く小さな指先が、瑞々《みずみず》しい青臭さに満ちた緑色に染まっていた。

どんどん採れるのが、楽しくて仕方ないようだ。

「あっ、蕗《ふき》の薹《とう》だ」

この季節から春先まで、綺麗《きれい》な小川沿いや湿り気のある山地などで咲く蕗の薹だが、数が少ないので見つけるのは容易《たやす》いことではない。

独特の香りと苦味が特徴で、茹《ゆ》でて味噌《みそ》をつけたり、天ぷらにして塩で食べると、春の訪れを感じる味わいが口いっぱいに広がった。

子供の口には合わないが、大人たちは、誰もがとてもありがたがって食べる。

涼のほうを振り返った茜が、弾けるような笑みをこぼれさせた。

これを採って帰ったときの父や母の喜ぶ顔が目に浮かんだのだろう。

「もうひとつあったわ」

川縁《かわべり》の水が流れているギリギリのところに、さらに萌黄色《もえぎ》の蕗の薹を見つけた。

茜が手を伸ばすが、届かない。茜は躰ごと傾けるようにして、なんとか蕗の薹を採ろうとした。

足元の土が崩れる。

「あっ！」

茜の小さな躰が、ぐらりと大きく揺れ、そのまま川の中に落ちた。

水飛沫があがる。

「茜！」

届くはずがないのに、涼は叫びながら手を伸ばしていた。

籠を放り出して立ちあがる。

すでに茜は、頭まで急流の中に呑《の》み込まれていた。

「いやぁああっ、茜ちゃん！」

悲鳴にも似た声で、菊が妹の名を叫んだ。

茜が落ちる姿を目の当たりにしてしまった桜がしゃがみ込み、両手で顔を覆って泣き叫ぶ。

早春の吾妻川は、降雪の度に流量を増し、獰猛《どうもう》なほどに勢いよく流れていた。

水は氷のように冷たい。

迂闊《うかつ》に落ちれば、大人でも命に危険が及ぶ。

一昨年も足を滑らせた釣り人が、帰らぬ人となっていた。玉宮村に暮らす者なら、皆が知っていることだ。

早く茜を助けなければ。

誰よりも泳ぎには自信がある。

水練では、師匠の健史郎先生よりも速く泳げたほどだ。

もっとも、それは夏場の池でのことであって、寒さ厳しい折りの川となれば話は別だ。大人でも溺れ死ぬことは珍しいことではない。

死への恐怖が湧き起こる。

姉二人が錯乱している中で、

「菊さん、誰か大人を呼びに行ってください」

涼だけは堪《こら》えて冷静さを保ち、年長者の菊に、助けを呼んでくるようにと指示を出した。

こんなときこそ、慌ててはいけない。

ともすれば気が動転しそうになるが、己の気を戒める。

茜は川の流れに躰ごと呑み込まれていたが、臙脂《えんじ》色の着物の一部が、わずかに見え隠れしていた。

絶対に見失ってはいけない。

涼は目を凝らして、勢いよく流されていく茜の姿を追いかけた。

幸いにして水は澄んでいる。これなら目で追えそうだ。

その時だ。

大きな水音とともに、激しい水飛沫があがった。

「駿！」

信じられなかった。

駿が迷うことなく、川に飛び込んだのだ。

泳いでいるのか、流されているのか、いや、溺れているようにしか見えない。それでもすぐに駿は茜に追いつくと、その小さな躰をしっかりと抱き締めた。

しかし、そのまま二人とも、川の流れに呑み込まれて沈んでいく。

このままでは二人とも死んでしまう。

もう、躊躇《ためら》っている刻《とき》はない。

ええいっ、いくぞっ！

心の中で己に笞《むち》を入れる。

川に向かって駆けながら、綿入れと草履を脱ぎ捨てると、そのまま水面に向かって頭から飛び込んだ。

すぐに息を吐きながら、水面から顔を出す。

思っていたよりも、はるかに水が冷たい。

鋭い刃で突き刺すような痛みが、全身を襲った。

流れも激しくて、必死に泳ぐが、躰が思ったように進まない。

驚くべきことに、この水流の中を駿は茜までたどり着いたのだ。

無我夢中で手足を掻いた。躰が重く感じる。水を飲んでしまった。息が苦しい。

それでも、どうにかして駿と茜の着物を掴むことができた。

二人とも、ぐったりとして意識を失っている。にもかかわらず、駿はしっかりと両手で茜の躰を抱き締めていた。

涼は、まわりを見る。

岸まで泳ぎつけるような力は残っていなかった。

だが、諦める訳にはいかない。泳ぐことは難しいが、なんとか少しずつ水の流れに抗《あらが》いながら、岸のほうへと進んでいく。

次第に冷たい川の水が、躰の自由を奪っていった。

もはや、冷たさも感じない。

意識が朦朧《もうろう》としてくる。もう、だめかもしれない。

「おい、大丈夫か」

消えかけた意識が、男の声によって呼び戻された。

菊が助けを呼んできてくれたのだ。

数人の人影が見える。縄が投げ込まれた。水を飲みながらも、左手で駿の着物の襟を握ったまま、右手で縄を掴んだ。

縄を手繰り寄せられた。幾度も水流に翻弄されたが、少しずつ岸辺が近づいてくる。

やがて、たくさんの大人の手が伸びてきた。

三人の躰が次々に引きあげられる。

「よく頑張ったな」

男の人から声をかけられた。顔をあげると、健史郎だった。他にも数人の大人の姿が見える。

「茜は！」

涼は健史郎に向かって叫んだ。

「案ずるな。茜も駿も無事だ。見事であったぞ。おまえは日ノ出塾の誇りだ」

その言葉を聞いて、涼は気を失った。

四

「ただいま、かえったよ」

鶴が土間から顔を覗《のぞ》かせた。

「母ちゃん、おかえり」

駿は布団から顔をあげる。

「名主様から、ご褒美をたくさんいただいたよ」

朝から村名主の荒井清兵衛に呼び出されていた鶴は、たくさんの野菜が詰め込まれた大きな竹籠を背負って帰宅した。

「わぁ、いっぱいだ」

溢れるほどの野菜を見て、駿はうれしさのあまり声をあげる。

それを見て、鶴も頬を緩めた。

川に落ちた清兵衛の娘の茜を、駿と涼が助けてから、一夜が明けている。

「名主様は、なんだって」

母に尋ねた。

「それはもう、大層なお礼を言われちゃったよ」

清兵衛には跡取りとなる息子の清吉《せいきち》がいて、すでに嫁を取り、男子の赤子も生まれていた。清吉の下に三人の娘が続いていて、茜は末っ子だ。

年の離れた娘ということもあって、茜だけはいたく甘やかして育てている。まさに、目の中に入れても痛くないほどの可愛《かわい》がりようだった。

その茜が、命を落としていてもおかしくないような災難に襲われたのだ。

三姉妹だけで野草摘みに行かせた母親は、清兵衛からひどく叱られたそうだ。

たしかに、無事に助かったことは奇跡だった。駿と涼が居合わせていなければ、今ごろ茜は川底に沈んでいたに違いない。

清兵衛はいたく喜び、今朝一番で駿の母である鶴と涼の父である伝五郎に使いを寄越《よこ》した。

鶴と伝五郎が連れ立って名主屋敷に赴くと、清兵衛は二人の姿を見るや素足で土間まで駆けおり、代わる代わる手を取って涙ながらに礼を述べたという。

その後、膳を用意し、昼餉を共にしながら、言葉を尽くして涼と駿の勇気を褒め称《たた》えたそうだ。

「よっぽど、嬉しかったんだろうね。名主様があんまり駿のことを褒めるもんだから、母ちゃん、恥ずかしくなっちゃったよ」

感謝の意として、銭一貫文がわたされたという。

一貫は、一文銭千枚を紐《ひも》で貫いて束にしたものだ。

鶴と伝五郎で分けても、五百文ずつになる。

江戸の町では銭湯の入浴料が十文で、屋台の蕎麦《そば》が十六文だと、健史郎先生に聞いたことがあったが、一貫文がどれほどのものなのか、皆目わからなかった。

それでも清兵衛の喜びようは察しがつく。

「茜を助けたのは、涼なんだ。俺は茜と一緒に溺れていただけだよ」

布団から躰を起こした駿が、小さく溜息《ためいき》を吐《つ》きながら頭を掻く。

具合はなんともないのだが、駿も涼も、大事を取って今日一日は寝ているように言われていた。これも清兵衛の計らいだ。

「それでも先に飛び込んだのは、おまえのほうだって言うじゃないか」

見ていた桜が話をしたのだろう。

事のあらましは、すでに大人たちに伝え知られているようだ。

「そうだったかな」

正直に言えば、あまり覚えていない。

「泳ぎは苦手だったおまえが、たいしたもんだね」

「助けなくちゃって、それだけしか考えられなくて……」

茜が足を滑らせて川に落ちたのを見て、気がついたら自分も飛び込んでいた。

「自分も溺れたらって、怖くなかったのかい」

「そうだよね。忘れてたよ」

己の馬鹿さ加減に、思わず苦笑いして頭を掻く。

泳ぎの得意な涼が一緒だったから良かったものの、もし自分一人だったら、茜を助けるどころか、間違いなく駿も溺れ死んでいただろう。

「おまえって子は、相変わらずだね」

鶴が溜息を吐いた。

「でも、大丈夫さ。涼が一緒だったんだから」

「いくら涼ちゃんだって、なんでもできる訳じゃないだろう」

「涼はね、いつだって俺を助けてくれるんだ。本当にすごい奴なんだから」

涼がいてくれたからこそ、凍《い》てつく激流の川にも、躊躇うことなく飛び込むことができたのだ。

涼は、どんなときも駿の味方だった。

「おまえ……」

思いつめたように表情を引き締めた鶴が、駿の傍らに座った。その顔は、今まで見たこともないほどに、悲しみに満ちている。

なぜ、母はこんなにも苦しそうな顔をしているのだろう。

自分は良いことをしたのだ。母には褒められていいはずだった。

「父ちゃんは、困っている人がいたら、誰であっても助ける人だったんだろう」

不安になって、母を上目遣いに見つめる。

鶴の瞳が、小さく揺れていた。

「ああ、そうだね。父ちゃんは、困っている人がいたら、放ってはおけない人だった」

「俺、良いことをしたんだよね」

溺れて死ぬかもしれない幼馴染みを、危険を顧みずに助けたのだ。

「おまえは、本当に偉い子だね」

母は褒めてくれた。が、その瞳からは、今にも涙がこぼれそうになっている。

「どうしたんだよ。母ちゃんが言ったんだよ。他人のことを思って生きる大人になれってさ」

自分は間違ったことはしていない。なのに、母の顔はなぜだか少しも幸せそうには見えなかった。

「ああ、母ちゃんは言った。おまえはその通りにしたんだ。偉いよ。名主様も、健史郎先生も、おまえのことをいっぱい褒めていた。母ちゃんは、とっても鼻が高かったよ」

ついに鶴の目から涙が溢れる。一度流れた涙は、止《と》め処《ど》なく頬を伝い落ちた。

「じゃあ、どうして泣いているのさ」

「ごめんよ。母ちゃんがいけないんだ」

鶴が視線を落とし、肩を震わせている。

「母ちゃん、泣かないで」

「おまえは、母ちゃんが言った通りにしたんだ。偉いよ。でもね、父ちゃんが亡くなって、母ちゃんには駿しかいないんだ」

「わかっているよ」

「いや、わかってない」

「わかってるってば……」

「ちっともわかってやしないさ。いいかい。もしもおまえに死なれたら、母ちゃんは独りぼっちになってしまうんだよ。父ちゃんが亡くなって、どれだけ寂しい思いをしたか。後を追って死のうと、本気で思ったんだ。それでも母ちゃんは死ななかった。駿がいてくれたからだよ」

「大丈夫だよ。俺は死んだりしないさ」

鶴が首を横に振った。

「父ちゃんも、いつもそう言ってた。躰が強くて逞《たくま》しくて、元気で働き者で。俺は病気なんてしない。絶対に長生きするからって。なのに、流行病を患って、たったの五日で死んじまった。あっという間にいなくなっちゃった……」

そこまで言って、鶴が深く息を吸う。

「……だから、駿だけは死なないで」

言葉のひとつひとつに、悲痛な思いが込められている。

「母ちゃん……」

「こんなこと言って、本当にすまないね」

九歳になったばかりの息子に、無茶で理不尽な願いをしている自分を、鶴は心から詫びた。

それでも駿だけが、鶴の心の支えなのだ。

たとえそれがどれほど理にかなっていないことであろうと、一人息子だけは失いたくない。

母の気持ちが胸を打った。

「茜ちゃんを助けるために駿が川に飛び込んだと人伝《ひとづて》に聞かされたとき、母ちゃんがどれほど恐ろしかったかわかるかい。母ちゃん、おまえの顔を見るまでは生きた心地がしなかったよ」

そのときの思いが蘇《よみがえ》ったのか、鶴の顔は、地獄にでも突き落とされたかのように恐怖に歪《ゆが》んでいた。

「わかったから。俺、絶対に死なないから」

駿の双眸からも、熱い涙が溢れる。

「ごめんよ。母ちゃんがいけないってわかってるんだ。駿は偉い子なのに。駿は間違っていないのに。こんな母ちゃんで、本当にごめんよ」

鶴の両腕が伸びてきて、駿の躰を抱き締めた。

きつく、強く、そして温かい。

「心配かけてごめんよ。俺、母ちゃんを一人にしないから。約束するから」

駿は母の胸に、深く顔を埋《うず》めた。

五

乾いた風の匂いに混じって、灰の匂いが鼻腔《びくう》をくすぐった。

駿は藁灰《わらばい》を撒《ま》いた大地に鍬を打ちおろすと、額に滲《にじ》んだ汗を手の甲で拭う。

「おい、涼。手が止まっているぞ」

傍らで一緒に野良仕事をしていた涼が、駿の言葉に視線をあげた。

口元があがり、眼《め》が爛々《らんらん》と輝きを放っている。こういうときの涼は、決まって驚くような名案を口にした。

茜が吾妻川に落ちた騒ぎから、三日が過ぎている。今日は朝暗いうちから、鶴や涼の両親とともに畑の畝作りに精を出していた。

「牛を買ったらどうだろうか」

涼がまっすぐに視線を向けてくる。ふざけているようには見えなかった。

「なんだって」

それでも魂消《たまげ》たように、声が裏返ってしまう。

牛という生き物がいることぐらいは駿だって知っている。牛は干支《えと》に入っている。手習い所に置いてあった絵本にも描かれていた。

だが、身近にいないので、牛の実物は見たことがない。

玉宮村では、牛を飼っている百姓は一人もいなかった。

茜を助けたことで村名主の清兵衛からもらった銭一貫文の使い道を、みんなで考えていたところだ。

それにしても、牛を買うなんて、いつもながら涼の思いつきには、本当に驚かされてばかりだった。

「牛なんて買って、どうするんだ」

伝五郎が首を傾げる。

「牛は藁を食べるんだ。本で読んだことがある」

藁灰で真っ白になった手で、涼は鼻の下を擦《こす》った。

「あんな大きな躰をしているのに、稲藁だけで大丈夫なのか」

ずいぶん昔のことだが、伝五郎だけは牛を見たことがあるそうだ。

「ああ。稲藁だけで大丈夫って書いてあったよ。稲藁や麦藁だったら、村にはいくらでもあるよ。それに牛の糞尿《ふんにょう》は、田畑の堆肥として高く売れるんだって」

涼が伝五郎を説き伏せるように言った。

「そんなに良い堆肥になるのなら、まずはうちの畑で使ってみればいい」

鶴も身を乗り出す。

「何よりも、牛は力持ちなんだ。田畑を耕すのも、収穫した作物を運ぶのも、十人力で働いてくれるから、野良仕事がはかどることは間違いないよ。手が足りているときは、貸し出せば銭を稼いでもくれる」

最後の一言で、皆の気持ちは決まった。

翌日には、伝五郎と涼と三人で、駿は前橋まで牛を買いに行くことになった。


「これが牛か。思っていたのよりも小さいね」

伝五郎たちが連れ帰った牛を見た鶴は、そう言いながらも、怖がって近くに寄ろうとはしなかった。

「まだ子牛なんだ」

駿は手綱を引いて、牛を歩かせる。

ノロノロとゆっくり歩く。

小さな牛だった。それでも鶴は、なかなか触ろうとはしない。生まれて初めて牛を見たのだから、仕方ないだろう。

銭一貫文で買えたのは、生まれて三月ほどの子牛だった。


さすがに成牛までは手が出ない。

子牛といってもすでに離乳をしていて、親から離して飼うことができると言われた。

一年もすれば立派な大人の牛に育って、田や畑を耕したり、荷を運ぶために働いてくれるそうだ。

「こいつが大きくなったら、力仕事をさせて山を開墾するんだ」

そうなれば地主の田畑を耕すばかりではなく、自分たちの農地を持つことができる。

駿は夢が膨らんだ。

「そんなことになったら、すごいことだねぇ」

「母ちゃんにも、少しは楽をしてもらえるよ」

鶴が少しずつ子牛に近寄ってきた。

「この子、泣いているよ」

「えっ、本当に」

「ほら、目を見てごらん」

手綱を引いていた駿も気がつかなかったが、鶴に指差されて子牛の両の目を見てみると、たしかに涙が溢れている。

「うん。泣いているね。具合でも悪いんだろうか」

駿は不安を隠し切れず、手にした縄紐で子牛の躰をさすってやった。

「病気の牛を摑まされたのかな」

涼も心配そうに、子牛の顔を覗き込む。

「名主様から確かな伝《つて》を教えてもらって買ったんだ。欺《だま》されるようなことはないはずなんだが」

伝五郎も首を捻《ひね》った。

「この子を連れてくるとき、おかしな様子はなかったかい」

鶴が駿に尋ねる。

「何も気がつかなかったけど。ただ……」

「ただ、なんだい」

「いくら手綱を引いても、歩こうとしなかったんだ」

そのときのことを思い出しながら、駿が鶴を振り返った。

子牛の足下にしゃがみ込んでいた伝五郎も、

「足を怪我しているんじゃないかと心配になって、大丈夫なのかって売主に訊いたんだが、なんでもないって笑っていたな」

そのときの様子を話した。

「それなら、たぶん心配はいらないと思う」

鶴が、そっと子牛に手を伸ばす。

指先で首のあたりを優しく撫でてやった。それを幾度か繰り返す。

「あっ。涙が止まった」

驚きだった。

いったい何が起こったのだろうか。

「この子はね。母親から離されて、寂しかったんだよ」

鶴が撫で続けていると、子牛は気持ち良さそうに目を細めた。

「牛でも、寂しいと泣くんだね」

鶴を真似て、駿は子牛の首のあたりを藁縄で撫でてやる。

「親と子が離されれば、やっぱり悲しいものさ。牛だって生きているんだ。悲しいにきまっている……」

鶴が、まるで母が子にするかのように、

「……おまえは寂しかったんだよね」

子牛に語りかけた。

「そうか。この子は親と離されて悲しかったのか」

「駿。この子に、優しくしてあげてね」

「わかった。俺、優しくするよ」

駿は大きく頷いた。

子牛には花子《はなこ》と名づけ、両家の間に作った小さな牛舎で飼うことにする。世話をするのは、駿と涼の仕事になった。

第二章
母の思い

一

「また本を読んでいるのか」

駿は、待ち合わせ場所になっている山向こうの荒れ地に着くと、涼に声をかけた。

「遅いよ、駿」

涼が顔をあげる。

「なんだか、難しそうな本だな」

駿は、涼が手にした本を覗き込んだ。

涼の傍らでは、茜が人懐っこい笑みを浮かべている。

幼馴染みの三人だけで過ごすひととき。いつもの穏やかな光景だ。

天明三年（一七八三）卯月《うづき》。

駿と涼は十歳に、ひとつ年下の茜は九歳になっていた。

柔らかな陽差しがゆっくりと傾き、駿の足元の影が伸びはじめている。

蒲公英の綿毛が、そよ風に舞い、茜の髪にとまった。

遠い昔、この辺りには川が流れていたらしい。

村に田畑を増やしていくための用水路を整えたときに、川の流れを山向こうに変えたため、今では砂利混じりの荒れた土地が残されているだけだ。

十年ほど前には、ここに家を建て、土に鍬を入れて暮らしていた百姓がいたそうだが、やはり田畑に向かなかったのか、諦めて逃散《ちようさん》（夜逃げ）したまま、今では手つかずの荒れ地となっていた。

こんなところを訪れるような村人はいない。

雲雀《ひばり》のさえずりばかりが、長閑《のどか》な草原に響いていた。

早春から晩夏にかけて、つがいで繁殖する雲雀は、巣作りをすると高鳴きをして縄張りを知らしめる。

見上げると、雲雀が大きな輪を描くように、鳴きながら飛んでいた。

足首まで届かぬような低い草木が、あたり一面に生えている。

その奥まったところに、一本の山桜の古木が、ポツンと立っていた。

だいぶ前に嵐で害を被ったようで、太い幹は途中から折れ、枯れてしまっていた。

春になっても、花が咲くどころか、若葉の一枚も芽を出すことはない。

三人はこの古木を「明日葉《あしたば》」と呼んで、秘密の待ち合わせ場所にしていた。

手習い所での講義を終えた帰り道に、この枯れ木の下で道草を食うのが、幼馴染みの三人にとって、かけがえのないひとときになっていた。

枯れて幹と枝だけになった山桜だ。明日葉とは、似ても似つかない。

実際の明日葉は食用にもされる自生の野草で、葉を摘んでも明日には芽が出るくらいに生命力が旺盛なことから、そう呼ばれるようになった。と、涼が教えてくれた。

——明日には花が咲くかもしれないよ。

そう言って明日葉と名づけたのも涼だった。

手習い所の師匠に借りた昔の和歌集などを読み漁《あさ》っている涼は、時折、このような女《おな》子《ご》でも口にしないようなかわいらしいことを言う。

照れ臭いので本人に伝えたことはなかったが、そんなところも駿が思う涼の好きなところのひとつだった。

涼はいつもここへ来るとき、昨夜の夕餉《ゆうげ》に出た川魚の頭だとか、古くなって切れた藁縄だとか、傷んでしまった野菜屑《くず》だとかを、持ってきていた。

明日葉の根本に穴を掘り、堆肥となるように埋めてやっていた。

枯れてしまった山桜だ。

今さら堆肥や水をやっても、芽が出る訳がなかった。

駿がいくらそう言っても、もしかしたらってこともあるかもしれないだろう。

——わかっているさ。でも、もしかしたら廃物《すたりもの》を持って来るのだ。

相も変わらず、笑いながら廃物を持って来るのだ。

涼だって、もしかしたらなんてことがあるとは、思っていないに違いない。それでも日頃から、学問でも剣術でも水練でも、何事にも諦めずにコツコツと取り組んでいる涼がこだわるのだから、いつか花が咲くこともあるかもしれない。

駿でさえ、そんな気にさせられた。

もちろん、絶対に有り得ないとわかっている。

「ちっとも難しくなんかないさ。おもしろいから、駿もいつか読んでみなよ」

涼が手にしていた『徒然草《つれづれぐさ》』を、静かに閉じた。

吉田兼好《よしだけんこう》法師が書いたとされる随筆で、手習い所では教訓本として広く読まれていた。世の無常や兼好法師の死生観は、読み手の受け止め方によって学ぶべきものが多いという。

涼が読んでいたのは、子供向けの絵入版本で、手習い所の師匠から借りたものだ。

「どんなことが書かれているの」

傍らに座っていた茜が、涼が持っていた本に手を伸ばした。

短めの木綿の着物に、前垂れをしている。この後は頬被《ほおかぶ》りをして襷《たすき》をかけ、そのまま畑仕事に出るのだ。

村名主の娘といえども、繁忙期には田畑を手伝う。

明日葉の根元に腰をおろしているせいで、着物の裾が膝のあたりまで捲《まく》れていた。透きとおるほど白い脚が動く度に、駿は目のやり場に困ってしまう。

いや、困るというのは嘘《うそ》だ。

まったく見てなどいないふりをして、茜に気づかれないように、こっそりと視線を這《は》わせていた。

どうしてそんなことをしてしまうのか、自分でもわからない。それでも気がつけば、茜に目を向けてしまうのだ。

「つれづれなるままに、心に移りゆくよしなしごとを記しているだけの本なんだ」

涼が茜の問い掛けに答える。

「それが涼ちゃんにはおもしろいのね」

頷く茜の横顔が綺麗だった。

駿は慌てて茜から視線を逸らすと、

「それの何がおもしろいんだよ」

口を尖《とが》らせ、涼に食ってかかる。

「同じものを見て、同じ話を聞いても、兼好法師には常人とは違って見えたり聞こえたりするんだ。兼好法師って、本当にすごいんだよ。『徒然草』を通して見た世は、俺が今まで知っていたものとはまるで違うんだ。ああ、旅をしてみたいな」

小作人の子である駿や涼が、村を出て旅をするなど思いもよらない。村で生まれて、村で死ぬ。それが小作人の一生だ。

「なんだか、よくわかんないな」

「駿だって、読んでみればきっと驚くよ」

学問が苦手な駿にあてて、嫌みで言っているのではない。涼は本気でそう思って、『徒然草』を読むように勧めている。

そもそも涼は、嫌みなど言う奴ではない。心から駿のためを思って言っている。だからこそ、余計に面倒なのだ。

「だめだ。こんな気持ちの良い風にあたりながら本なんて読んだら、四半刻（約三十分）もしないうちに眠くなっちまうよ」

爽やかな雲雀東風《ひばりごち》が山間《やまあい》を抜ける。これでは眠くなっても、仕方がないというものだろう。

まだ本を読んだ訳でもないのに、駿は両足を投げ出して、両手で大きく伸びをした。

「たしかに駿には無理かもね」

茜が駿の肩を叩いて笑った。

「俺は涼みたく、なんでもできる男ではないからな」

「別に俺はそんなのではないさ」

駿の言葉に、涼が片眉をあげた。

「いや、涼はすごい奴だよ」

涼の並外れて秀でた才は、学問だけではなかった。武芸においても、誰もが認めるものだった。

城下から遠く離れた小さな農村では、手習い所が数多くある訳ではない。

玉宮村でも、内田健史郎が師範を務める日ノ出塾があるだけだ。

道場にいたっては、ただのひとつもない。日ノ出塾が儒学や哲学、史学、算術などの学問全般を講義しながら、道場として剣術、槍術《そうじゅつ》、弓術、薙刀《なぎなた》術までを指南していた。

門弟は武家のみならず、百姓の子弟も多かった。

健史郎は、元は駿州の小藩において武術指南役にあったらしいが、藩主が国替えによって減封されたのを機に、自ら暇を願い出て、国元を離れたらしい。

遠縁の伝を頼って、前橋まで辿《たど》り着き、日ノ出塾の師範代に収まった。今では老いた創設者に替わって師範を務めている。

侍の子からは月謝を取るが、百姓の、それも駿や涼のような小作人の子からは、一文たりとも銭を受け取らなかった。

それでは申し訳ないと、百姓の親たちは、畑で穫れた野菜などを届けたりしている。

その日ノ出塾において、学問のみならず、武芸においても一番に秀でているのが涼だった。

塾生には、十五歳以上の武家の子弟もいる。にもかかわらず、涼が剣道の稽古で侍の子たちを次々と打ち負かすのを、駿は幾度も目にしていた。

それも手加減など、微塵《みじん》もない。竹刀《しない》をあたかも真剣のように使いこなし、鬼神のごとき迫力で武士の子に立ち向かっていった。

「俺は強くなりたいんだ」

涼が突然言い出した。

「百姓が強くなって、どうするんだよ」

駿がそう言うと、茜も頷いた。

「百姓だって、強くなれるよ」

「戦《いくさ》がある訳じゃないんだ。強くたって仕方ないだろう」

まったく、何を言い出すのか。

開いた口が塞がらない。

徳川《とくがわ》の治政となり、天下泰平の世が続いていた。

駿も涼も戦のない時代に生まれ、戦を知らずに育った。

「手習い所で読む書物の中では、たくさんの荒武者たちが活躍するけど、今の世では武士は威張ってばかりで年貢を取るだけだ」

そう言って、涼が眦《まなじり》を大きく開く。

「たしかに鍬を振るって大地を耕すのは百姓だからな。お侍は、種一粒だって蒔《ま》く訳じゃない」

「米も麦も、作るのは俺たち百姓なんだよ。なのに武士ばかりが偉そうにしている」

「俺たちは百姓なんだから、仕方ないだろう」

「だから、俺は武士になるんだ」

「なんだって」

まさか涼がそんなことを考えていたなど、駿は思いも寄らなかった。

「武士になると言ったんだ」

「俺たちは百姓だ。武士になんかなれる訳がないよ」

「いや、なれるさ。たくさん学問をして、誰よりも剣術に長《た》ければ、藩が取り立ててくれるかもしれない」

「そんなことがあるのか」

「ある。健史郎先生が言っていた」

涼が拳を握り締める。

「涼は、なんで武士になりたいんだよ」

駿は武士になりたいなどとは、一度も思ったことがなかった。

そもそも武士になど、なれるはずがない。

いいや、そうだろうか。自分にはなれないが、もしかしたら涼なら、本当に武士になってしまうかもしれない。

「茜の家は大地主だ」

急に自分のことを言われて、茜が表情を固くする。

「涼が武士になりたいのと、茜の家が大地主なのと、なんのかかわりがあるんだよ」

「あるさ。俺も駿も小作人の子だ。生きている間はいつまでも他人の土地を耕して、やがては他人の土地の上で死んでいくんだ」

「それの何がいけないんだよ。茜の父ちゃんは、小作人にも情け深い人だろう」

幕府は田畑永代売買禁止令により百姓が農地を売ることを禁じていた。これは豪農が貧農から農地を買い漁り、農村が崩壊することを恐れたからだ。

だが、飢饉《ききん》が起きる度に年貢の払いに困った百姓は、田畑を質に入れたため、代々にわたって小作人は増え続けていった。

「今は三人で会って楽しく話をしているけど、いつまでもこうしていられる訳じゃないよ」

立ちあがった涼が、手を伸ばして明日葉の幹に触れる。その手の動きは、見ていて悲しくなるくらい優しげだった。

「なんで、そんなこと言うの」

茜も立ちあがると、泣きそうな顔で涼に訴える。

「茜の家は、名字帯刀まで許された名主様だ。玉宮村で一番大きな田畑を持っている大地主でもあるんだ」

「そんなのわたしたちには、なんの関わり合いもないことだよ」

「あるよ。茜の家は地主で、駿と俺の家は小作人なんだ。茜と俺たちの間には、見えない線が引かれているんだよ」

茜が寂しげに唇を噛んだ。

「わたしは一度だって、そんな風に涼ちゃんや駿のことを考えたことはないよ。わたしはわたしだし、涼ちゃんは涼ちゃんでしょう」

「今は三人とも子供だから、それでいいのかもしれない。でも、いずれ俺たちは大人になるんだよ。そうなれば茜と口をきくことさえ、容易でなくなるんだ」

「大丈夫だよ。三人はずっと一緒だよ。ねえ、駿。そうだよね」

茜が駿に訴える。

「ああ。いつまでも一緒にいられるさ」

そう返事をしたが、言葉にできない不安が胸に広がった。

母からも茜とはあまり遊ばないようにと、釘《くぎ》を刺されていた。

なぜかと尋ねても、いつまでも子供ではないのだからと、曖昧に言葉を濁《にご》すだけで、その訳を教えてはくれなかった。

何かを禁じられるときは、まだ子供だから駄目だと諭され、何かを求められるときには、もう子供ではないからと言われる。

いったい自分は何者なのだろうかと不満に思うことはあった。

「俺たちは小作人の子だ。小作人の子として生まれ、小作人の子として死んでいくんだ。駿はそれがどういうことか、わかっているのか」

「どういうことって」

「俺たちは他人の田畑に種を蒔き、他人の田畑で作物を育てるんだよ。どんなに丹精を込めても、それは俺たちのものじゃない」

一度だって、そんな風に考えたことはなかった。

野菜はあくまでも野菜であって、実れば嬉しいし、枯れれば悲しい。

それだけだと思っていた。

「だから、武士になるのか」

「そうだ」

「俺は百姓が好きだぞ。大地に鍬を振るい、種を蒔いて、実りを収穫する。その作物が誰のものであるかなんて考えたことはないし、どうでもいいと思っている。田畑で汗を流すことが好きだからな」

「駿。それじゃ、駄目なんだよ。武士だろうが、百姓だろうが、汗水垂らして働いたことが報われなければいけないんだ。そのためには、誰もがなりたい己になれる世であることが大事なんだよ」

涼が言っていることは、とても大切なことのような気がした。が、それがどうして大切なのか、駿にはわからない。

「百姓では、駄目なのか」

「そうじゃないよ。百姓がいけないと言っているのではないんだ」

涼の話していることは、あまりに大義過ぎると思う。

「涼は難しい書物ばかり読んでいるから、頭が固くなってしまうんだよ。俺には難しいことはわからねえ。天下のことは、お役人に任せておけばいいさ」

「それでは、何も変わらないよ」

涼が大きく首を横に振った。

「変わらなくちゃいけないのか」

「茜の父ちゃんがどれほど慈悲深くても、俺が茜を嫁にもらうことはできない」

「涼ちゃん、何を言ってるの」

いきなり自分の名が出て、茜が顔を真っ赤に上気させる。

見ているこっちのほうが恥ずかしくなるくらいだ。

「俺はそれが悔しいんだ」

激していた涼が声を落とす。

が、それとは裏腹に、声音には強い意志が感じられた。

「涼ちゃん、ちょっと待って」

「ごめん」

「別に謝らなくてもいいけど。少し驚いただけだから」

頬を赤らめたままの茜が、戸惑いの表情を見せる。

「俺は本気なんだ」

「うん」

「俺は、なりたいものになる。だから、武士になるんだ」

山間を抜ける薫風が、涼の総髪を微《かす》かに靡《なび》かせた。

――茜を嫁にもらうことはできない。

涼の言葉が、頭の中で幾度も繰り返される。

「なりたいものになる」

駿も口にしてみた。

涼が眩《まぶ》しく見える。

熱き思いを語る友を、駿は眩しさに目を細めるようにして見つめた。

二

この日も、日ノ出塾の講義が終わった。

駿は道場で剣術を学び、たっぷりと汗を掻いた。

「涼はやっぱり強いな」

「駿だって腕をあげたよ」

道場を出ると、涼と二人で家路を共にする。駿と涼の家は隣り合っていて、父親同士は従兄弟だった。

家に帰れば、畑仕事が山ほど待っている。もっとも、二人とも野良仕事は嫌いではない。汗水流して、土にまみれて働くことは気持ち良かった。

「なあ、涼。訊いてもいいか」

会話が途切れた頃合いで、駿は尋ねた。

「茜のことだよね」

「なぜ、わかった」

なんの前触れもなく尋ねたのに、いつもながら涼の意を汲《く》む眼力には恐れ入る。

「駿とは、共に親の背中で寝小便をしていた頃からの友達だからね。言葉で言われなくても、何を考えているのかぐらいはわかるよ」

「そうなのか」

駿には、涼の考えていることなど、さっぱりわからない。

「嘘だよ。あれから二月《ふたつき》も過ぎているから、そろそろ駿が痺《しび》れを切らして訊いてくるかと思っただけだよ」

「なんだよ、そういうことか」

「まあ、鶏よりもうるさい駿が、道場を出てからほとんど口もきかずに考え事をしていたから、怪しいとは思ったんだ。駿が真面目《まじめ》な顔をして、何か訊いてくるとしたら、茜のことぐらいしかないからね」

「うむ。鶏よりうるさいとは聞き捨てならないけど……」

駿は深く溜息を吐く。

「そんなことより、茜のことだろう」

涼の言葉に、

「うん」

駿は素直に頷いた。

「心配だよね」

「えっ」

「俺が茜を嫁さんにしたいって言ったこと」

「心配とか、そんなんじゃないさ」

「駿は、俺が茜を嫁さんにしてもいいの」

「涼はすごい奴だよ」

「なんだよ、それ」

「涼は日ノ出塾でも開塾以来の秀才と言われて、健史郎先生からだって一目置かれている。剣術の稽古をすれば、侍の子が束になったって敵わないくらい強い」

「俺なんて、まだまだ大したことはないよ」

「そういうところも、やっぱりすごいよ。持って生まれた器量が違うのに、涼は驕《おご》ることなく、いつだって誰よりも努力を惜しまずに鍛錬している」

師範の健史郎が、木刀で素振り百回と命じれば、侍の子たちはどうにかして数を減らして楽をしようとするのだが、涼は百を超えても、止《や》めと言われるまで、いつまでもやり続けた。

それどころか皆に隠れるようにして、稽古が終わった後にも、こっそりとさらに百回の素振りをしてしまう。

百姓として田畑に鍬を振るいながらも、わずかな時を惜しんで木刀で素振りをする。雨が降れば藁を編みながら、書物が擦り切れるほどに読みふけるのだ。

寸暇を惜しんで、学問も剣術も熱心に取り組んでいた。

いつも近くで見ている駿が、そのことを一番良くわかっている。

「やめてよ。駿に言われると、なんだか馬鹿にされているような気がする」

「そんなことはないぞ。いつも母ちゃんに、涼の爪の垢《あか》を煎じて飲めって言われているんだから」

逆立ちしても、涼には敵わない。

「俺の爪の垢なんて煎じても、腹をくだすだけだよ」

「健史郎先生は、いつだって涼のことを褒めている。先生にはお子がいないからな。もしかしたら、塾の師範代になれるかもしれないぞ」

「そうなったらいいな。もっとも、いくら学問や剣術に長けていても、百姓の俺が師範代になるのは、容易いことではないけどね」

「そうなのか」

「どうかな。わからないけど」

道の両側に、刈り入れが終わった冬小麦が束になって積んである。

これが終われば、田植えの季節だ。

忙しくなる。しばらくは日ノ出塾へも通えないかもしれない。

「健史郎先生から聞いたんだけど……」

駿は前置きしてから、話をはじめた。

「……蟬《せみ》っているだろう」

「あの蟬のことか」

蟬は、『万葉集』や『古今和歌集』にも登場するほど馴染み深い虫だ。

もっとも、さすがにまだ今年は鳴いていない。

駿の唐突な話にも、涼は訝《いぶか》ることなく、耳を傾けてくれる。

だから、涼が好きだ。

「蟬って芋虫の間は、六年とか七年くらい、暗い土の中にいるらしいぞ」

「俺も聞いたことがあるよ。中には十年を超える奴もいるんだってね」

「なのに、地の上に出てからは、たったの七日で寿命を迎えるんだ。冬を越せないどころか、秋までも保《も》たずに死んでしまうんだ」

「短い命だね。だから、必死に鳴き続けるのかもしれない」

涼が寂しげに答えた。

「そうかな。たしかに地の上に出てからは短いかもしれないけど、それまでに十年近くも生きているんだぜ。そんなに長生きの虫なんて、他には見当たらないだろう」

「そう言われれば、そうだけど……」

「蟬の生涯が儚《はかな》いと見るか、それとも長く豊かなものと見るか、俺たちが勝手に決めることではないんじゃないか」

「勝手に……、決めるか……」

「そうだよ。俺たちが知らないだけで、蟬は蟬で、幸せな人生なのかもしれないぜ」

「蟬だから、人生ではないね」

「ならば、蟬生だ」

二人で同時に吹き出した。

「百姓だろうが、小作人だろうが、涼は涼だ。武士になれるかもしれないし、なれなかったとしても、幸せかどうかは涼が決めればいいんじゃないか」

「難しい顔をして何かと思えば、駿はそんなことを考えていたのか」

「いや、俺は涼みたいな器量はないからな。半分くらいは健史郎先生の請け売りさ」

「参ったな。やっぱり駿は、すごい男なんだと思うよ」

それには取りあわず、駿は顔の前で右手を幾度も振った。

「涼なら、茜とお似合いだと思う」

「何を言い出すのかと思えば……」

「茜の家が名主様だってことを気にしているみたいだけど、涼なら心配ないさ。名主様だって許してくれる」

「どうして、そう思うの」

「覚えているだろう。茜が去年、足を滑らせて川に落ちたことを。あの冷たい吾妻川に落ちれば大人だって助からないのに、涼は見事に茜を助けたんだぜ。いくら名主様だって、命の恩人を粗末には扱えないさ。ましてや、玉宮村の神童と言われた涼だぜ」

「本当に、そう思っているの」

「当たり前だろう。涼は俺たちとは違うんだよ」

「そうじゃない」

涼が寂しげに視線を落とした。

「なんのことだよ」

涼の言っていることがわからず、駿は首を傾げる。

「雪が降ったばかりで流れが増した冷たい川だよ。大人でも飛び込むのは二の足を踏むもんだろう」

「ああ、そうだ。なのに涼は、見事に茜を助けたんだ。ついでに俺までな」

駿は苦笑いして頭を掻いた。

「違うよ。あのとき、俺は怖かったんだ。飛び込めば死ぬかもしれないって。どんなに泳ぎが上手《うま》くても、そんなものは高が知れているよ。目の前で茜が流され、沈みかかっていたのに、俺は怖くて飛び込むのを躊躇《ためら》ったんだ。冷静を装っていたけど、本当は足が震えて動けなかった」

「それは仕方ないだろう。誰だって、そうさ」

「そうだね。誰だってそうだと思う。でも、駿は違ったよね。俺が瞬《まばた》きする間もなく、川に飛び込んでいった」

「本当に間抜けだよな。涼と違って俺は泳ぎもできない癖にさ。もしも涼がいなかったら、茜を助けるどころか、俺も一緒に溺れ死んでいたよ」

「違うんだ」

涼が激しく首を左右に振る。

「何が違うんだよ」

「日ノ出塾で一番泳ぎが上手な俺が怖くて足が竦《すく》んだのに、まともに泳げもしない駿が激流の川に飛び込んだんだ」

「だから、俺は阿呆垂《あほた》れの大戯《おおたわ》けなのさ。いつも母ちゃんに叱られてばかりだ」

少しだけ先を歩いていた涼が、立ち止まって振り返った。

「心配するな。俺は茜を嫁にはしないよ」

「どうしてさ。侍になって、名主様のところへ茜をもらいに行くんじゃないのか」

「侍にはなる。絶対になってみせるよ。でも、それは茜のためじゃない」

「だって、茜のことが好きなんだろう」

「ああ、好きだ。大好きだよ。嫁にしたい」

涼が一際大きな声で叫ぶ。涼が、これほどはっきりと己の思いを口にするのを聞いたのは初めてだった。

「何を言っているのかわからないよ。俺には涼みたいな器量はないんだ。俺でもわかるように話してくれよ」

足を速めて、涼に追いついた。

「茜は、おまえのことを駿って呼ぶよね」

駿は右手を自分の膝のあたりで振ると、

「こーんな小さいときからそうだったな。あいつ、生意気なんだよ」

鼻の頭に皺《しわ》を寄せる。

「でも、俺のことは、涼ちゃんって呼ぶんだ」

「それだけ涼のことが好きってことだろう」

「そうかな」

「そうに決まってるさ。だって、涼だぞ。玉宮村の神童だぞ」

「とにかく、俺は茜を嫁にはしない」

「だから、なんでだよ」

「そういうことだからだよ」

涼が駆け出した。

見る間に後ろ姿が小さくなっていく。

「あっ、待てよ」

駿は慌てて涼の後を追った。

三

「浅間《あさま》様は、今日も鳴っているな」

雷鳴のような轟音《ごうおん》が幾度も続いた。

玉宮村の村人たちが「浅間様」と呼び、敬い、慕い、恐れてもいる浅間山が噴火をはじめたのは、四月《よつき》前のことだ。

駿は空を見上げた。

どす黒い噴煙が、頭上を覆っている。

天明三年文月《ふみづき》。

落雷のような大きな音とともに、大量の火山灰が玉宮村まで降り注いだ。

冬小麦の収穫と、二毛作の米の田植えが重なっていた百姓たちは、大騒ぎとなった。

それでも百姓にできることは知れている。

一度目から一月を置いて、あわせて三度の大きな噴火をしているものの、今日までは小康を保っていることがせめてもの救いだった。

――神様がお怒りになっている。

村人は神社に供物を届け、ひたすら跪《ひざまず》いて祈った。

それでも噴火が収まる兆しは見えない。

人間は無力だ。

このまま火山灰が降り積もるようなことになれば、陽の光を失った作物は、ほとんどが枯れてしまうだろう。

村の長老が知る言い伝えによれば、これより前の噴火は六十二年前の享保《きようほう》六年（一七二一）で、噴石によって十五人が命を落としていた。

さらに遡ると、天正《てんしよう》十年（一五八二）にも大きな噴火があって、そのときは高くあがった噴煙が、遠く京の町からも見えたと伝えられている。

その噴火が起きたのは、天下統一を目前にした織田信長《おだのぶなが》の大軍勢が、甲州《こうしゆう》の武田《たけだ》領へ侵攻して間もなくだった。

天変地異の様相に、武田勝頼《かつより》は天から見放されたのだと、甲州の国人たちは挙《こぞ》って織田家に降《くだ》ったという。

浅間山の噴火を機に、武家の名門武田家は滅亡することになった。

しかし皮肉にも、その三月後の天正十年水無月《みなづき》二日、信長は本能寺《ほんのうじ》にて明智光秀《あけちみつひで》の謀反で自刃することになる。

あさまとは火山を表す古語で、この山が古《いにしえ》から噴火とは深い縁があったことを窺《うかが》わせる。富士山で神を祀《まつ》っている浅間《せんげん》神社も、同じ謂《いわ》れである。

「少し急ごう」

「そうだな」

涼が足を速めた。

駿もそれに倣う。

三日前より花子を、山向こうの荒れ地に放牧していた。

普段は牛舎で稲藁を与えて育てているのだが、毎月五日ばかりの間だけは、陽の光の下で放し飼いにして野草を食べさせるのだ。

花子を病から守り、元気にさせるためだ。

放牧から帰ってきた花子は、いつもより楽しそうに力を出して農耕に励んだ。

放牧の地は、明日葉が立っている荒れ地である。

ここなら玉宮村の村民でも知る者は限られていた。まわりを囲む小さな山々が目隠しになっているので、誰かに見つかることもないし、花子が逃げ出す心配もない。

地主の逃散によって打ち捨てられた古い家屋の土間が、ちょうど良い牛舎となっていた。

「大丈夫かな」

駿は思わずそう漏らした。

降り続けた火山灰で、二人の髪や着物は、真っ白になっている。

歩いていると息苦しいのは、山を登っているためばかりではない。

二人にとっては、慣れた道だ。

これしきで息があがることはないはずだ。

なのに、口の中に火山灰が入ってきて、息をするのも辛かった。

本当ならばもう二日ほど、花子を明日葉の荒れ地に置いておくはずだった。

だが、朝起きたら、浅間山の様子が急に怪しくなっていた。

大きな噴火の前兆を思わせる。

——花子が怖がって泣いているかもしれない。

涼の言葉に、

——花子に優しくするよ。

駿は、母と交わした約束を思い出す。

二人で相談して、早めに迎えにいくことにした。

「涼。鳥が逃げていくぞ」

数百羽の黒い影が、浅間山と反対の方向に群をなして飛んでいく。

「鳥は危ないことがわかるんだ」

涼がつぶやいた。

「そうなのか」

「ああ、先を急ごう」

「わかった」

花子を放してある荒れ地まで、あと十町（約一・一キロメートル）もない。山道とはいえ、二人の足ならば、いくらもかからないはずだ。

二人は息を切らしながら、道を急いだ。

その間も、小糠雨《こぬかあめ》のような火山灰が、しんしんと降り続いている。時折、なんの生き物かわからない山の獣が、悲鳴のように鳴いていた。

風が吹きつける。

山全体が、怯《おび》えたように揺れていた。

山間を抜ける。

開けた先に、花子がいる廃屋が見えた。

そのときだ。

ドカーンと物凄《ものすご》い音がして、二人は両手で耳を塞《ふさ》いだ。続いて大きな揺れに襲われ、立っていることも覚束《おぼつか》なくなった。

「浅間焼けだ」

噴火がはじまったのだ。

駿は声をあげた。

浅間山の方角に、天を焼くほどの巨大な火柱があがった。

間髪を容《い》れず、爆発音がする。

地鳴りとともに地震が続いた。

黒煙が空を支配し、陽の光が遮られて、まるで夜になったようだ。

玉宮村に限らず、このあたりは米、小麦、大麦、稗、粟などを作っている穀倉地だ。

「今年の収穫は壊滅だな」

これから起きることを考えただけで、恐ろしさに躰が震えた。

「今は先のことより、花子が心配だよ」

「そうだな」

「駿。駆けよう」

「わかった」

涼に促されて駆け出そうとした刹那、再び大きな火柱があがった。

先ほどの倍はあろうかという大きさだ。

「うわぁっ！」

握り拳より大きな石礫《いしつぶて》が、雨あられと降ってくる。

そのうちのひとつでも頭に当たれば、間違いなく顔の半分くらいは吹っ飛んでなくなるだろう。

駿は両手で頭を抱え、その場にうずくまった。

そんなことをしてもどうにもならないことはわかっているが、どうにも足が竦んで立っていることができないのだ。

顔をあげると、涼が倒れていた。

「涼。大丈夫か！」

「ううううっ」

「血が出てるぞ」

涼の額が割れている。顔のすべてが血に染まり、表情がわからないくらいだ。

「大丈夫。飛んできた石礫が額を掠《かす》めただけだ。それよりも足のほうがいけないかもしれない」

言われて見ると、涼の脛《すね》のあたりも真っ赤な血で染まっていた。熟れた石榴《ざくろ》みたいに、肉がぐちゃぐちゃに裂けている。目を背けたくなるような酷《ひど》い怪我だ。

ヒュンヒュンと気味の悪い音をあげて、石礫が間断なく飛んでくる。

耳元で聞こえる度に、ゾッとして背筋が寒くなった。

早くこの場から逃げなくては命が危ない。

「歩けるか」

涼に手を貸して、立たせようとしたが、

「ううう っ」

痛みに顔をしかめて、すぐに立ち止まってしまった。

「涼。このままじゃ、危ないぞ」

ドスッという不気味な音とともに、二人の一間《けん》（約三・六メートル）ほど先に、赤子の頭ほどの大きさの岩石が落ちた。

「わかってる。でも、麓まで歩くのは無理そうだよ」

「そんな……。なんとかならないのか」

「足が痺れて、ほとんど痛みを感じないんだ。額の血も止まりそうにない。少し足下がふらつくんだ」

「よし、俺がおぶってやる」

駿は背中を見せると、片膝をついた。

「だめだ。いくらなんでも、俺をおぶって麓までおりるのは無理だよ」

「無理でもなんでも、そうするしかないだろう。このままここにいたら、二人とも死んじまうぞ」

「駿。いいか、聞いて……」

涼がいつもの冷静な口調で語りかけてくる。

「……俺たちがこの山に来ていることは、誰も知らないことだよ」

本当ならば花子を連れ戻すのは、二日先になる。

浅間山の急変を見て、大人たちに相談する間もなく、駿と涼で慌ててやってきたのだ。

「だから、なんだって言うんだ」

「俺は足を怪我している。二人で山をおりれば、かえって危ない。だけど、駿一人なら、急いで駆けおりることができるはずだ」

「馬鹿なことを言うな。涼を置いていける訳ないだろう」

「そんなことを言っていたら、二人とも死んでしまうよ」

「だからって、俺一人で逃げることはできない」

穏やかに話す涼に対して、もはや駿のそれは怒鳴り声に近い。

「このままじゃ、共倒れになっちゃう。駿が一人で山をおりて、助けを呼んできてくれれば、二人とも助かるかもしれないんだ」

「涼を見捨てることはできないよ」

二人の話は堂々巡りを繰り返す。

「見捨てる訳じゃない。もうそこに、花子がいる廃屋が見える。走ることはできなくても、あそこまでならなんとか歩くことができると思う。俺は花子と一緒に、あの廃屋で隠れているから、駿は誰か大人を呼んできて」

二人が言い争っている間も、轟音とともにたくさんの石礫が飛んできていた。

そのうちのひとつでもまともに当たれば、大人でも命はないだろう。

廃屋はすぐ目の前とはいえ、浅間山の方角に向かって歩くのだ。

足を怪我して満足に歩くことができない涼にとっては、途轍《とてつ》もなく長い距離に感じるはずだ。無事に辿り着けるとは、とても思えなかった。

「無理だよ。できない」

頬を止め処なく涙が流れる。

「できなくても、やるんだよ。このまま二人で死んでもいいの」

涼に両肩を摑まれ、激しく揺さぶられた。

「だけど……」

「母ちゃんのことを思い出せ。駿のことを待っているんだよ」

「母ちゃんが待っている……」

「そうだ。もう一度、母ちゃんに会いたいだろう」

茜を助けて川に飛び込んだ駿に、

――おまえに死なれたら、母ちゃんは独りぼっちになってしまうんだよ。……だから、駿だけは死なないで。

そう言って泣きすがった鶴の姿が脳裏を過《よぎ》った。

そうだ。母と約束したのだ。ここで死ぬ訳にはいかない。

父を失って、母はずっと寂しかった。

これで駿まで死んだら、きっと母は生きていく気力を失ってしまう。病に倒れるか、気が触れて自ら命を絶ってしまうかもしれない。

母をそんな目には合わせられない。

「涼。ごめん」

手の甲で涙を拭う。

「謝らないでよ」

「そうだよな。俺、必ず助けを呼んでくるから。待っててくれ」

「駿なら、できるよ」

「俺にできるかな」

「駿のことを信じてるから」

「涼……」

絶対に死ぬなよ。

そう言おうとしたのに、どうしても口から言葉が出なかった。

にもかかわらず、涼はまっすぐにこちらを見ながら、深く頷いてくれた。

駿は、今来た道を駆け出した。


山道を全力でくだる。

山といっても小高い丘とあまり変わらぬほどの高さなので、駿の足なら駆けおりることは少しも苦ではない。

それでも、駆けながら背後を振り返ることができなかった。

もし振り向いた先で、涼が石礫に当たって死んでいたら、それは置いて逃げた自分のせいだ。

考えただけでも恐ろしい。

涙が溢れた。景色が滲んで見えない。

無我夢中で駆け続けた。

「駿！」

麓の近くまでおりたところで、茂みから飛び出すと、鶴と鉢合わせとなった。危うく、ぶつかるところだった。

「母ちゃん！」

鶴の胸に飛び込んだ。

母がしっかりと抱き締めてくれる。

「ああ、良かった。怪我はないかい」

「大丈夫だよ。でも、どうして」

「おまえと涼ちゃんの姿が見えないから、村のみんなで手分けして探していたんだ。もしかしたら花子のところじゃないかと思って、ちょうど行くところだったんだ」

鶴は駿を案じて、一人で山をのぼってきたのだ。

「母ちゃん……、涼が……」

「涼ちゃんはどうしたの」

「涼が……」

泣きじゃくっている駿は、うまく言葉にできない。

鶴の顔色が変わる。

「駿。泣いてちゃわからないよ。しっかりしなさい。涼ちゃんは、どこにいるの」

「山の上。花子のところだよ」

「なんで、一緒に逃げて来なかったの」

「涼が足を怪我して、歩けなかったから……」

「それで、おまえ一人で逃げてきたのかい」

「俺が一人で山をおりて、誰か助けを呼んで来るしかないって」

「涼ちゃんが、そう言ったんだね」

「ごめんなさい」

鶴が片膝をついた。泣いている駿の顔をまっすぐに見てくる。

指先で駿の涙を拭ってくれた。

「いいかい。おまえはこのまま山をおりなさい。伝五郎さんたちを見つけて、助けを呼んで来るんだ」

「だめだよ！」

駿は鶴の着物をしっかりと摑む。

そうしている間も、地響きが続いていた。

耳をつんざくほどの爆発音が、山全体を震わせる。

立っていることさえままならない。

「おまえは本当に優しい子だね。駿だけは死なないでって、母ちゃんとの約束を守ってくれたんだよね。涼ちゃんを置いて来るのは、辛かっただろう。本当にごめんね。母ちゃんを許しておくれ」

　鶴の頬にも、熱い涙が伝い落ちた。

「母ちゃん。だめだよ。上はまだ危ないよ」

　こんな麓に近いところでさえ、細かな軽石が豪雨のように頭上から降ってくる。山の上に行けば、命を奪うほどの石礫が、容赦なく飛んでくるだろう。涼のことは助けてほしいと心から思う。

　それでも、なんの支度もせずに、か弱い女の鶴が山の上に向かうことがどれほど危険なことかぐらいはわかる。

　母を行かせる訳にはいかなかった。

「それでもね、母ちゃんは行かなきゃ駄目なんだ」

「どうしてさ」

「もしも涼ちゃんの身に何かあれば、おまえは一生、そのことを背負って生きていくことになるんだよ」

　駿は、母を見ながら首を横に振った。

「でも……」

「駿は、母ちゃんのために、山をおりてくれたんだろう。本当にありがとう」

　鶴の両手が、駿の頬を包み込むように触れる。野良仕事で荒れた手のひらだが、じんわりと温かくて心地好《よ》い。

息が詰まるほどに、きつく抱き締められた。

鶴が立ちあがる。

「母ちゃん、駄目だよ」

「父ちゃんと約束したんだ。駿を、父ちゃんみたいな子に育てるって」

「行かないでよ。俺、父ちゃんみたいな子になるって、約束するから」

大地が砕け散るかと思うほどの爆音とともに、噴煙柱が天を穿《うが》ち抜いた。

迫り来る恐怖に、思わず両手で耳を塞ぎたくなる。

それでも鶴は、少しも怯《ひる》まない。

「大丈夫。心配しなくても、必ず涼ちゃんを連れて帰るからね」

己に言い聞かせるように言うと、すがりつく駿の手を振りほどき、山の上に向かって歩きはじめた。

「母ちゃん！」

「駿は山をおりて、このことを伝五郎さんに伝えて」

「できないよ！」

母の背中に向かって叫ぶ。

鶴が一度だけ振り返り、優しく微笑んでみせた。

「男の子だろう」

「だって……」

「大丈夫。駿ならできる」

鶴が再び歩きはじめる。

涙に滲んだ鶴の後ろ姿は、すぐに見えなくなった。


夜遅くまで、激しい噴火が続き、誰も山に近づけなかった。

翌朝、小康を見せた噴火の合間を縫って、伝五郎ら五名の男たちが、鶴と涼を助けるために山に入った。

伝五郎たちが荒れ地にたどり着くと、廃屋は見るも無惨な姿になっていた。

いくつもの巨大な噴石をまともに受けたようで、廃屋は土台から崩れ落ち、ほとんど元の形をとどめぬほどに壊されていた。

廃屋の残骸の下から、首の折れた花子が掘り起こされた。さらに瓦礫《がれき》を取りのぞくと、涼と鶴が見つかった。

涼は足と頭に怪我を負っていたものの、気を失っているだけで命に別状はなかった。

涼の躰に覆い被さって庇《かば》うようにして、鶴が息絶えていた。

折れて鋭く尖った柱が、鶴の背中から胸までを貫いていた。

痛かっただろう。どれほど苦しかったことか。

にもかかわらず、死顔はとても穏やかで、薄《うつす》らと笑みさえ湛《たた》えていた。

それはまるで涼を守り抜いたことを、心から安堵《あんど》しているようであった。

鶴の亡骸《なきがら》は、男たちによって麓まで運ばれた。


浅間山は、その後も大噴火を繰り返した。

この世のものとも思えぬ激しい爆発音は、江戸の町の戸障子を激しく揺らし、京や四国《しこく》でも聞こえたほどだった。

火口から流れ出した溶岩は巨大な火砕流となって、山麓の大地をえぐり取りながら流下し、近隣の森林や村を焼き尽くした。

その長さは二里半（約十キロメートル）にもおよんだ。

これはやがて吾妻川に流れ込み、濁流となって田畑や家屋を呑み込み、渋川《しぶかわ》のあたりで本流である利根川へと入って大洪水を引き起こした。

利根川は江戸川へと続いていたため、数えきれぬほどの屍《しかばね》が、江戸の町を通って江戸湾まで流れついたほどだ。

死者は千六百二十四人、流失や焼失した家屋は千三百戸を数え、浅間山噴火の記録において、もっとも大きな被害をもたらすことになった。

後の世の人は、これを天明の大噴火と呼んだ。

四

爽やかな風が道場を抜ける。澄み上がる秋空の下で、蜻蛉《とんぼ》が野面をすいすいと飛ぶ姿が美しい。

「やっぱり、涼には敵わないな」

荒く乱れた息を整えながら、駿は額の汗を手拭いで拭う。

「いや、今のは俺の負けだよ。俺の面より、駿の胴の方が早かったからね」

「だとしても、わずかな差だろ」

涼が右手で竹刀を軽く持ちあげ、

「これが真剣なら、俺は面を打ち込む力は残ってなかったよ」

笑顔を向けてきた。

「俺は真剣なんかで戦うことはないからな。やっぱり涼の勝ちだ」

駿も笑みを返す。

日ノ出塾の道場で、今日も駿は、涼と剣術の稽古に励んでいた。

天明四年葉月《はづき》。

浅間山の大噴火から一年の月日が過ぎていた。

駿と涼は、十一歳になっている。

母を失って天涯孤独となった駿は、涼の家で暮らしていた。

鶴が命を投げ打って涼を助けた。

涼の父伝五郎と母千代《ちよ》は、その恩に報いるために、駿のことを引き取ってくれた。

飢饉の度に子供が口減らしに売られるのが、このあたりの農村だ。

いくら父親同士が従兄弟といえども、小作人の貧しい暮らしで子供を引き取ることはけっして楽なことではなかったが、涼の強い願いもあって、伝五郎と千代に快く家族に迎え入れてもらえた。

鶴が小作人として耕していた田畑も、伝五郎が引き受けてくれた。

伝五郎は鶴の菩提《ぼだい》を弔うため、壊れた廃屋の跡に墓を建ててくれた。

河原石を積んだだけの形ばかりの小さな墓だが、それでも月命日には花を欠かさずに手向け、心から冥福を祈ることができた。

「まさか駿に剣道の仕合で負ける日が来るとはね」

「だから、俺の勝ちではないって」

「どちらにしても刻を待たずして、そうなるのは間違いないよ」

「涼にそこまで言ってもらえるのは、本当に俺も腕をあげたってことかな」

そう言うと、駿は胸を張った。

「ああ、大いに自慢していいと思うよ。玉宮村の神童と言われた俺と互角の勝負をしているのだからね」

「自分で神童って言うか」

「そうだね」

駿は涼と顔を見合わせると、高らかに声をあげて笑った。

もはや二人は幼馴染みを超え、固い絆《きずな》で結ばれた兄弟のようになっていた。

片付けを済ますと、道場を後にする。

気がつけば、陽が落ちるのが早くなっていた。

この間まで、今の刻限でも焼けつくような陽差しがあったのだが、季節の移ろいは早いものだと改めて気づかされる。

稽古で汗ばんだ肌に当たる風の感触が、ずいぶんと爽やかなものに感じられた。

こうして涼と一緒にいるだけで、心が穏やかになる。

「なあ、駿」

肩を並べて家路を共にしながら、涼が話しかけてきた。

「どうした」

「俺のことを恨んでるだろう」

「唐突になんだ」

「恨んでもかまわないよ」

「いくら負け続けても、相手が涼なら仕方ないさ」

駿は相好を崩す。

「剣術のことを言っているのではないよ」

「じゃあなんだ。昨夜の夕餉で、涼が大きいほうの岩魚を先に取ったことか」

「はぐらかすなよ。本当はわかっているんだろう。駿の母ちゃんのことさ」

いつになく厳しい涼の声に、駿も表情を引き締めた。

正直に言えば、あまり触れたくない話だ。それでも、いずれは話し合わねばならないことである。

「恨んでなど、いないよ」

本当に涼を恨んだことなどなかった。

「俺を助けるために、駿の母ちゃんは死んだんだよ」

「涼のせいではないさ」

「本気でそう思っているの」

「当たり前だろう」

「俺が足を怪我していなければ、一緒に山をおりることができたんだよ」

「違うんだ」

駿が激しく首を横に振る。

そもそも涼のことを置いて逃げたのは自分だ。死ぬのが怖いから逃げたのだ。恨まれるべきは、自分のほうだった。

「それに駿の母ちゃんは、小屋が崩れたときに俺のことを庇ってくれた。やっぱり、俺のせいなんだ。駿には、すまないと思っている」

涼が深々と頭をさげた。

「急にどうしたんだ」

「急ではないよ。いつかちゃんと謝りたいと思っていたんだ」

「やめてくれよ。本当に俺は涼のことを恨んでなんかいないから」

「嘘だ」

「嘘なもんか」

「どうしてさ」

そう言われても、答えに窮する。でも、嘘でも強がりでもない。本当に涼を恨む気持ちは、小指の先ほどもなかった。

しばし考えを巡らせて、

「母ちゃんは、俺の自慢だからな。もし俺が涼のことを恨んだりしたら、母ちゃんのしたことが無駄になっちまうような気がするんだ」

この気持ちが、もっとも正直なものに思える。

「自慢の母ちゃんか……」

「母ちゃんはいつも言ってたんだ。困っている人や苦しんでいる人がいたら、見て見ぬふりをするのではなく、自分でできることでいいから手を差し伸べなさいって。人として生きるとは、そういうことだって」

「たしかに自慢の母ちゃんだね」

「それがさ、どうやら死んだ父ちゃんの請け売りだったらしいぞ」

母が自慢げに教えてくれた父のことが、駿にとって大切なものになっている。

駿を一人残して死んでしまった母を、恨んだり悲しんだりしたこともあった。

しかし、今では命を賭して駿を守ってくれたのだと、心からありがたいと思えるようになっている。

「二人とも駿の自慢だね」

笑顔を取り戻した涼の言葉に、

「ああ。自慢の父ちゃんと母ちゃんだ」

駿は大きく頷いた。

「やっぱり駿はすごいよ」

「何を言ってるんだよ。俺は何をやっても、涼に敵わないじゃないか」

「学問や剣術なら、稽古をすればいずれ上達するさ。でも、人としての器量では、俺は駿に敵わない気がする」

「俺のどこをどう見たら、そんなことが言えるんだ」

「駿は俺の自慢の友だよ」

「涼こそ、俺の自慢だぞ」

「うん、知ってる。俺は玉宮村の神童だからね」

「なんだよ、それ」

抜けるような青空を、ゆったりと鱗雲《うろこぐも》が流れていく。

駿と涼は、二人して声をあげて笑った。


日ノ出塾の帰り道は、少しばかり遠まわりになるが、いつものとおり裏山を越えて、明日葉の立っている荒れ地に寄っていく。

ここは駿たちが幼い頃から待ち合わせをしてきた秘密の場所だ。

明日葉とは、朽ち果てた桜の古木のことである。

葉を摘んでも明日には芽が出るくらいに生命力が旺盛な明日葉のように、この枯れた桜もいつか花を咲かせてほしいと、涼が名づけたのだ。

無論のこと、花はおろか芽が出ることさえない。

浅間山の噴火の後も、変わらぬ姿でそこに立っていた。

ただひとつ違うことは、近くにあった廃屋が崩れ去り、そこに鶴が眠っている墓が建てられていることだ。

鶴は、駿にとってはかけがえのない母であり、涼にとっては命の恩人になる。

小さな河原石を墓石にしただけだが、二人にとっては大切なものだ。

「駿。あれを見て」

明日葉の根元に人がいた。

「死んでいるのかな」

このあたりでも、行き倒れは珍しくない。

物乞いのような薄汚い着物を纏《まと》った坊主頭の男が、目を瞑《つぶ》ったまま、明日葉にもたれかかっている。

動く様子はなかった。

屍体《したい》のようにも、寝ているだけのようにも見える。

「息をしてないみたいだよ」

すでに死んでいるのか、たとえ生きていたとしても、もはや虫の息だろう。

涼が哀れむように、表情を歪めた。

「確かめてみよう」

駿は男に近寄っていく。

「危ないよ」

だが、涼が止めるのも聞かずに、男の傍《そば》まで行って、顔を覗き込んだ。

「まだ息はしてるみたいだな」

「本当に？」

駿は男の肩に手をかけ、

「おじさん。大丈夫ですか」

揺すりながら声をかけた。だが、男は目を開けない。

「死にかけてるのかな」

「どうかな」

今度は涼が躰を揺すってみる。

「ううっ」

男が呻《うめ》いた。

「苦しいんですか」

「腹が……」

「腹が痛いんですか」

男が薄目を開け、首を横に振る。

「腹が……減った」

「えっ」

「七日も、何も、食ってない」

切れ切れに男が訴えた。

駿は涼と顔を見合わせる。どうやら行き倒れではなく、腹が減って動けなくなっただけのようだ。

駿は腰にさげた袋から、竹皮で包まれた握り飯を取り出した。稗が混じった小さな握り飯がひとつ。

「駄目だよ。駿の昼餉だよ」

「俺は一食くらい食べなくても腹が減るだけさ。でも、この人は死んでしまうかもしれない」

涼が止めるのも聞かず、駿は男に握り飯を差し出した。

男の目が大きく見開かれる。

両手で握り飯を掴むと、恐ろしい勢いで貪り食いはじめた。

「く、苦しい」

慌てて頬張ったので、どうやら喉に詰まらせたようだ。

駿は竹筒を出して、水を与える。

ゴクゴクと喉を鳴らして、男は竹筒の水を飲み干した。

「もっと、くれ」

竹筒を放り出し、手を伸ばしてくる。

「仕方ない」

涼も自分の握り飯を取り出すと、男にわたした。

男はこれも瞬く間に食べ終えてしまう。

「もうないよ」

貧しい小作農にとって、昼餉は干した芋や大根を齧るだけの日も珍しくない。表面を乾燥させて固めた握り飯は、稗や粟がかなり多く混じっているとはいえ、駿や涼にとっては滅多に食べられないご馳走《ちそう》だった。

きゅるるるっと駿の腹が鳴った。

二つの握り飯を食べ終えた男は、生気を取り戻したようだ。顔色も良くなっている。

「おじさんは物乞いかい」

「まあ、似たようなもんだが、少し違う」

「何が違うんだ」

「物乞いは施しを受けるだけだが、俺は施しの礼に、人の役に立つことをする」

先ほどは握り飯を食べただけではないかと思ったが、物乞いを相手にしても仕方ないので黙っておく。

「どこから来たんだい」

「江戸だ」

「本当か」

「嘘などつかん」

「どこへ行くんだ」

「わからん」

「わからんって、行き先がないのか。やっぱり、物乞いだな」

あまり関わらないほうが良さそうだった。

しかし、

――困っている人がいたら、自分でできることをして助ける。

父はそういう人だったと教えてくれた母の言葉がよみがえる。

「おじさん、泊まるところはあるの」

「あるように見えるか」

駿は首を横に振る。

「おまえたち、どこかに夜露をしのげるところを知らんか」

しばらく思案してから、

「だったら、この先の山をまわり込んだところに、廃《すた》れた寺があるよ。ずいぶんと昔に住職が逃げ出して、誰も手入れをしてないから荒れ放題だけど、おじさん一人くらいなら雨風はしのげると思う。しばらくはそこで休んだらどうだい」

男に教えてやる。

「それは良いことを聞いた。さっそく行ってみることにするか」

男は明日葉に摑まって立ちあがると、杖《つえ》をつきながら、駿が指し示した方角に向かって歩き出した。

「明日、また食べる物を持っていってやるよ」

駿は男に手を振る。

「おお。待っているぞ」

男の姿が見えなくなるまで、二人はその背を見送った。

「江戸からの流れ者なんて、どんな素性かもわからないのに……」

涼が咎《とが》めるように、睨んでくる。

玉宮村は小作人ばかりの貧しい農村だ。

他人の面倒を見られるような余裕は、誰にもなかった。

ましてや駿は天涯孤独の身で、涼の家に世話になっている身だ。

「涼の家に迷惑はかけないようにするよ。食べ物を持っていくときは、俺のを分けるからさ」

「そういうことを言ってるんじゃないよ」

涼が食べ物を惜しんで責めているのではないことくらいは、駿にだってわかっている。

「心配かけて、悪いな」

ふーっと息を吐き、涼が表情を緩めた。

「あの人に食べ物を持っていくときは声をかけてね。俺も少しは分けるからさ」

「涼……」

「困っている人がいたら、助けてあげたいんだろう」

「ごめんな」

「俺だって、駿のお母さんの思いは、大切にしたいからね」

「ありがとう。やっぱり、涼は俺の自慢の友だ」

涼の言葉が何よりも嬉しかった。

五

駿は家に戻った。涼も一緒である。駿はその様子を見ていて、少し羨《うらや》ましいと思う。

「母ちゃん、具合はどうだい」

涼が、千代に声をかける。

「二人とも、お帰り」

千代が布団の上で上半身を起こしながら、か細い声で迎えた。

涼が慌てて千代の肩に手を当て、小さな躰を支える。

千代が床を離れられなくなって、もう六月《むつき》がすぎていた。

幾日も高い熱が続いて、引いた後も躰の自由が利かず、立ちあがることも満足にできずにいる。

日増しに食も細り、見る間に手足は枯れ枝のように痩せ衰えてしまった。

心配だった。母を亡くした駿にとって、千代は大切な家族だった。

「水を飲むかい」

涼が咳《せ》き込む母の薄い背をさすりながら、欠けた茶碗《ちゃわん》に入った水を口元に運んだ。

千代は少しだけ水を口に含むと、すぐに茶碗を手で押し返してくる。

「もういい」

「もう少し飲んだほうがいいよ」

「ありがとう。でも、大丈夫」

そう口にした刹那、千代が激しく咳き込んだ。息をすることさえ苦しそうにして、そのまま布団に倒れ込んだ。

　今までとは様子が違う。

　ここまで酷い咳《せき》は見たことがなかった。

「母ちゃん、大丈夫か！」

「涼……」

　掠《かす》れた声とともに、ヒューヒューと空風のような乾いた音が喉から漏れる。

「おばさん！」

　駿も枕元に駆け寄った。

　千代が気を失う。

　伝五郎は畑仕事に出ていた。

　家には大人は誰もいない。

「俺、おじさんを呼んでくる」

　駿は涼に伝えると、土間に駆けおりる。

　背後では、涼が母の名を呼び続けていた。


　伝五郎が、家に戻って来ても、苦しむ千代にしてやれることはほとんどなかった。

　涼が裏山で摘んできた薬草を煎じて飲ませたが、少し咳が弱まったような気がするくらいで、苦しげな様子は変わらなかった。

顔は死人のように真っ白で、時折、目を覚ましても視線は宙をさまよっている。

このままでは千代が死んでしまう。子供の駿でも、千代の命の灯火《ともしび》が消えかかっていることは察しがついた。

「おじさん。お医者様を呼んでくるよ」

駿は立ちあがった。だが、伝五郎は首を横に振る。

「無駄だ」

「どうしてさ。このままじゃ、おばさんが死んじゃうよ」

「こんな貧しい村に来てくれる医者なんているもんか」

伝五郎が吐き捨てるように言った。

心底から悔しそうに、眉間に深い皺を寄せる。

玉宮村には、医者はいなかった。隣村か、然《さ》もなければ陣屋のある前橋まで行かなければならない。

「そんなの頼んでみなきゃわからないじゃないか」

駿は思わずそう言っていた。

「たとえ来てくれたとしても、どうせ藪医者ばかりだ。まともに診《み》てもくれやしない。滋養のあるものを食べさせろと言うだけで、高い銭をふんだくるに決まっているんだ」

医者というものは、公儀や藩の許しがいる仕事ではない。

本人が看板を掲げれば、その日から医者になれる。

高名な医者に師事したり、独学で医学書を学んだ者もいるにはいたが、経験がまったくなくても大手を振って医者を名乗ることができた。

また、江戸や藩庁のある城下町で医者として開業するためには、多くの者が田舎で経験を積んだ。

農村はそのような医者を志す者たちの、腕試しの場でもあったのだ。

伝五郎が医者を信じようとしないのも致し方ない。

「だったら前橋に行けば、偉いお医者様がいるんじゃないの」

それでも駿は食いさがった。

鶴が亡くなってからというもの、千代は涼と分け隔てなく駿に愛情を注いでくれた。

もう、大切な人を失いたくない。

「偉いお医者様は、こんな田舎には来てくれないんだ」

伝五郎が唇を噛んだ。

「医者は人を助けることが仕事なんだよね」

「銭がなければ、医者は診てくれないんだ」

「それでも、頼んでみる」

何もしないではいられない。千代のためなら、できることはなんでもしたい。

駿は土間におりると、外に飛び出した。駆け出すと、すぐに涼が後を追ってくる。

「俺も一緒に前橋に行くよ」

「おばさんのために、絶対にお医者様を連れて来るんだ」

「駿。ありがとう」

涼が目を潤ませて礼を言った。

前橋の往来を、人をかき分けながら駆け抜けた。息があがり、額を大粒の汗が流れるが、それでも駿は足を止めない。涼も遅れることなく、後についてくる。

次で四人目だ。

どの医者も、往診には応じてくれなかった。

一人目の医者は、玉宮村の名を出しただけで、けんもほろろに追い返された。次の医者は、駿と涼の身なりを見た途端に、何も言わずに戸を閉めた。その次の医者からは、蔑むような目で、先に銭を持って来いと舌打ちをされた。

陣屋の木戸番に尋ねたところ、前橋には評判の良い医者が五人いるという。医者は他にもいるかもしれないが、腕前は怪しいものだそうだ。

「ここだな」

駿は屋敷の門を見あげた。

今までで一番立派な建物だ。

木戸番に聞いたとおりに来たので、まちがいはないはずだった。

あまりに大きな屋敷に、気後れしてしまう。

「これだけ立派なお屋敷なら、腕の良い医者に決まってる」

そう口にして、己に言い聞かせる。が、隣に立つ涼の顔も強張《こわば》っていた。

「こんな偉いお医者様が、俺たちの家に来てくれる訳がないよ」

涼が唇を噛む。

「どうしてだよ」

「わかっているだろう。うちには銭がないんだ」

「なんで、銭がないんだよ」

「うちは小作人だから」

田畑を持たぬ小作人は、年貢を負うことがないかわりに、豊作になっても己の利を得ることはできない。

収穫は、すべて地主のものになる。自分たちが食べるものさえ、残すことはできない。

仕事の合間に家のまわりの野山を開き、日々の糧となるわずかな米や野菜を作る。市場で売れるほどの収穫はない。だから、小作人の手元には、ほとんど銭がないのだ。

「銭のある家には医者が来てくれるのか」

「そうだよ」

「それって狡《ずる》いだろう」

「狡いとか狡くないとかとは違うんだ」

涼の家は小作人だ。

すでに父も母も亡くなったが、駿も小作人の子だった。

「わからねえよ」

「世の中が、そういう風にできているんだよ」

「なんでだ。銭がないことは、そんなに悪いことなのか」

涼に食ってかかっても仕方ないことくらいわかっている。それでも湧きあがる憤りを抑えることはできない。

銭がないから千代は医者に診てもらえない。こんな理不尽は得心できない。

「駿の気持ちは、よくわかるよ」

涼も悔しげに目を伏せた。

「よし。なんとしても偉いお医者様に来てもらうぞ」

大きな声に出して、己を奮い立たせる。

「すみません。先生はいらっしゃいますか」

勢いよく門を叩いた。

程なくして、剃髪《ていはつ》に作務衣《さむえ》の老人が顔を見せる。

「なんじゃ、子供か」

「子供ではありません」

駿は背筋を伸ばした。

「年は幾つだ」

「二人とも十一歳です」

「やはり、子供ではないか。ここは子供が遊びに来るようなところではない。さっさと親のところへ帰りなさい」

「その親が病気なんです」

涼が前へ出て、泣きそうな顔で訴える。

「親の具合が悪いか」

老人が駿と涼の身なりに一瞥《いちべつ》をくれた。すぐに興味を失ったように、視線を逸らす。

「先生は、偉いお医者様なんですよね」

それでも涼は必死で訴えた。

「どこでそれを聞いた」

「木戸番のおじさんが言ってました」

「ふんっ。そのとおりじゃ」

「でしたら、母ちゃんを助けてください。ずっと咳が止まらなくて苦しそうなんです」

「家はどこだ」

向こうから住んでいる家を訊かれたのは、初めてだった。涼が目を輝かせる。

「玉宮村です。わたしが、ご案内します」

「玉宮村か。無理じゃな」

老人が皺に埋もれた眼で、ジロリと睨みつけてきた。

「どうしてですか」

「そんなこともわからぬのか」

「教えてください」

冷たく突き放されても、ここで諦める訳にはいかない。

「ならば、教えてやろう。ここから玉宮村までは二里（約八キロメートル）の道のりじゃ。行きと帰りで四里になる。これはわかるな」

「はい、わかります」

「陣屋のお代官様の脈を取ることもある儂《わし》に、まさか四里を歩かせるつもりではないだろうな」

「どうされるのでしょうか」

「馬鹿者。駕籠《かご》に乗るに決まっておるだろう。駕籠を頼むと一里につき四百文がかかる。四里で一千六百文だ。おまえの母の顔色を診ただけで、一千六百文になるのだ。これに病の見立てと薬代を合わせると、どんなに安く見ても四千文、つまりは金一両はかかることになる」

「一両ですか……」

あまりの大金に、涼は言葉を失う。

「銭のない者の脈は取らぬ」

「助けてください！」

駿は老人の足下に跪いた。必死だった。土の冷たさも気にならない。

「なんの真似だ」

「俺が働いて、必ずいつか払います。お願いですから、一緒に来てください」

「二人とも十一歳だと言ったな。兄弟ではないとしたら、おまえはなんの関わりがあるのだ」

「俺の母ちゃんが浅間焼けで死んでしまって、今は涼の家で暮らしています。おばさんは、俺にとっても大切な人なんです」

いつの間にか、目からは熱い涙が溢れていた。頰を伝う涙が、地面についた手の甲に落ちた。

「そうか。百姓の子にしては、見あげた忠孝であるな」

「ありがとうございます」

「だが、儂には関わりのないことだ」

「そんな……」

「銭さえ貰《もら》えれば、儂は病人の身分は一切問わぬ。大名様だろうが、百姓だろうが、分け隔てなく脈を取る。銭が工面できたら、改めて訪ねて来るがいい」

老人が冷めた声で言った。

「それでは間に合いません」

「それは儂の与《あずか》り知らぬことだ」

「そんな馬鹿なことがあるか！」

人の命がかかっているのだ。にもかかわらず、大人は銭勘定ばかりする。

駿は叫ぶ。

「なんじゃと」

「どんなに偉いお医者様か知らないけど、人の命より、そんなに銭が大切なんですか。お医者様の仕事は、人の病を治して、人を助けることじゃないんですか」

「小童《こわっぱ》。銭を稼いだこともない癖に、何を偉そうなことを言っておる」

老人がゾッとするほど冷たい目で、駿のことを見下ろした。

「銭は稼いだことがなくても、世の中で何が大事なのかぐらいは知っています」

「ほほう。銭より大事なものとはなんだ」

「困っている人を見捨てないってことです」

駿は顔をあげた。脳裏に母の最期の姿がよみがえる。

「浅間焼けで死んだという母親の教えか」

「父ちゃんがそういう人だったって、母ちゃんが教えてくれました」

「立派な父と母だな。見上げたものだ。貧すれど鈍《どん》せず。貧しくても、人の道を子に伝えるか」

「日の本一の父ちゃんだって、母ちゃんが言ってました」

老人がうんざりしたように溜息を吐いた。

「くだらんな。そんな甘い考えでは、この世は生きてゆけぬわ」

老人は踵《きびす》を返すと、勢いよく門を閉める。

「待ってください。お願いします。どうか、お願いします」

駿がいくら大声をあげても、再び門が開くことはなかった。

月明かりを頼りに、駿は涼と二人で村への道を歩く。

結局、医者を連れて来ることはできなかった。

涼が肩を落として、とぼとぼと足を進める。

悔しさと悲しさで足が重かった。

村はずれの廃寺の前に差しかかる。

「また、会ったな……」

廃寺の中から、しゃがれ声がした。

声のほうに顔を向けると、昼間に握り飯をあげた物乞いが御堂《おどう》の軒先に座っている。

「……二人して暗い顔をして、いったいどうしたのだ」

「なんでもないよ」

物乞いに話しても仕方のないことだ。

駿は、そのまま通りすぎようとした。

「二人とも、酷い顔をしておるぞ。なんでもないことはあるまい」

「案じてもらっても、これぱかりはどうにもならないよ」

銭のことを物乞いに話してもはじまらない。

「一宿一飯《いっしゅくいっぱん》の恩義がある。俺にできることがあれば、なんなりと力になろう」

物乞いの言葉に、思わず涼と顔を見合わせて苦笑してしまう。

一宿一飯と言っても、恵んだのは握り飯二個だけで、あとは打ち捨てられた古い寺を教えてやっただけだ。

これでも一宿一飯と言って良いのだろうか。

「それはありがたいことだけど、物乞いの爺《じい》さんに打ち明けてもなぁ」

「だから、俺は物乞いではないと言っているだろう。それに爺さんというほど年も取っておらぬ」

そこで駿は、何かがおかしいことに気づく。

物乞いの目線が微妙に合っていないのだ。

「もしかして、目が見えないのか」

「まったく見えない訳ではない。ぼんやりと影形くらいは捉えることができる。もっとも、笑っているのか怒っているのか、表情まではっきりとは見えぬが」

そう言って、屈託なく笑う。

「だって、さっき俺たちのことを、暗い顔をしているって言ったじゃないか」

「長いこと目を患っておるとな、不思議なもので、人や物が発する気を読むことができるようになるのだ。おまえたちから、暗い顔を思わせるような気が流れておったわ」

本当にそのようなことがあるのだろうか。

この男から言われても、どうにも胡散《うさん》臭い。

「目がよく見えないのに、一人で江戸から旅をしてきたんですか」

涼が問いかける。

「別に闇の中を歩いてきた訳ではない。形あるものならば、だいたいは察することができる。それに、こいつもあるからな」

右手に持った杖を掲げた。

「それにしても、すごいです」

涼が感心したように首肯する。

「なあに、何事も慣れというものだ……」

世の中にはいろいろな人がいるものだ。

「……俺は、田村梨庵《たむらりあん》だ」

付け足すように名乗った。

物乞いと思われているのが、癪《しゃく》に障ったのかもしれない。

「えっ。おじさんは医者なのか」

武家の他に名字を許されている者は多くない。

少なくとも梨庵は侍には見えなかった。だとすれば、医者かもしれない。

「まあ、そのようなものだ」

これには驚いて、思わず涼と顔を見合わせてしまう。

「そのようなものって、お医者様なんだろう？」

「俺は患っておる者を薬で治すのではないのだ」

「薬を使わぬ医者などいるか」

信じかけた己の愚かさを思う。やはり物乞いの言うことなど、当てにならない。

駿が落胆したのを察したようで、

「そうとも限らぬぞ。薬ばかりが人の病に効く訳ではない」

梨庵が意地になったように言った。

「嘘をつくな」

「嘘など申しておらん」

「じゃあ、どうやって人の病を治すんだ。祈禱《きとう》でもするのか」

馬鹿らしくて、溜息が出る。

「俺はこれを使う」

梨庵が懐から細長い包みを取り出すと、紐を解いて開いた。

「なんだよ、それ」

「鍼《はり》だ」

鋭く尖った鍼が、銀色に輝く。生まれて初めて見るものだった。

こんなもので病を治せるのだろうか。

涼が、

「書物で読んだことがあります。鍼灸医《しんきゅうい》って患っている人の躰に鍼を打って、病を治してしまうんですよね」

梨庵の持つ鍼を珍しそうに見ていた。

「ほほう。よく知っているな」

「そんな物騒なものを躰に刺したら、治るどころか死んじまうんじゃないのか」

駿にはとても信じられない。

「治る病なら治る。治らぬ病なら治らぬ」

「なんだよ、それ」

「人には持って生まれた寿命というものがあるからな。これ即《すなわ》ち天命である」

「やっぱり、藪医者じゃねえか」

「藪とは、口の悪い小僧だな」

「病を治せない医者に藪と言って何が悪いんだ」

「寿命さえ尽きておらねば、大概の病はなんとでもなる」

梨庵が胸を張った。

「どんな病でも治せるのか」

「鍼を打つことにより、人の躰が持っている病に勝つ力を呼び起こすことができる。人の躰には、気と血と水が流れておる。鍼治療とは、この三つを整えることだ」

「それで病が治るのか」

「ああ、治る」

「本当か！」

思わず声を張りあげてしまう。

涼も目を輝かせていた。

「嘘など申すか。鍼を打たせたら、俺ほどの名医は二人とおらぬ」

「前橋にもいないほどか」

「無論じゃ」

「江戸にもか」

「江戸はおろか、日の本広しといえども、俺が一番じゃ」

「梨庵先生！　助けてください！」

調子が良いもので、先ほどまでは物乞いの爺さんと呼んでいたのに、今は梨庵先生になっている。

「誰か患っている者がいるのか」

「おばさんが……、涼の母ちゃんが、咳が止まらなくて苦しんでるんだ。梨庵先生、涼の母ちゃんを助けてくれよ」

「うむ。診てもいないうちに安請け合いはできぬが、咳を抑えて楽にしてやることはできると思うぞ」

梨庵が自信ありげに、口角をあげる。

「目が見えないのに、患者を診ることができるの」

「医は以《もっ》て人を活《い》かす心なり。故に医は仁術という。疾《やまい》ありて療を求めるは、唯《ただ》に、焚《ふん》溺水火《できすいか》に求めず。医は当《まさ》に仁慈の術に当たるべし」

「難しくて、何を言ってるのかわからないよ」

「うむ。病は人の躰の中に潜んでおる。目が見えようとも、躰の中までは見通せるものではない。病とは目で見るものではなく、患っている人を助けたいと思う心で診るものなのだ。これを医術という」

「梨庵先生は、涼の母ちゃんを助けたいと思ってくれるの」

「大切な人を思う、おまえたちの心が、俺にははっきりと見える。それでも目が見えぬ俺の治療を案ずるか」

駿と涼は、もげるほどに大きく首を横に振った。

「でも、銭がないんです」

涼が苦しげに吐き出す。

「俺は鍼を打って病を治すのだ。薬を使わないから、治療代は取らぬ」

「本当にいらないんですか」

「ああ、いらぬ。それよりも早く、母ちゃんのところへ案内しろ」

「ありがとうございます！」

駿は涼と手を取り合って喜んだ。

梨庵が懐から麻でできた細長い包みを取り出して、板敷きの床の上に広げた。長さや太さが様々な鍼が並んでいる。

「お、おい。うちのかかあに、いったい何をする気だ」

伝五郎が気色ばんだ。

「これを躰に打って、滞った血を臓腑《ぞうふ》へと流してやる」

梨庵が一際長い鍼を手にする。

こういったことには慣れているのか、餌を前にした野犬のごとく今にも噛みつきそうな伝五郎を前にしても、平然として鍼を磨いていた。

「冗談じゃない。涼と駿から、あんたがお医者様だって聞いたから、かかあを診てもらったんだ。それを脈も取らないうちから、そんな物騒なものを取り出して、躰に刺すだと。そんなことをしたら、病が治るどころか、死んじまうだろうが」

唾を飛ばして物凄い剣幕で詰め寄る伝五郎を、

「梨庵先生は鍼灸医といって、薬は使わないんだ。躰に鍼を打って病を治すお医者様なんだよ」

涼が必死になって取りなした。

日ノ出塾にあった書物によって鍼灸医について多少の見識があった涼とは違って、伝五郎は梨庵を胡散臭い男と思っているようだ。

「だいたい、こんな小汚い格好をしたお医者様があるかっていうんだ」

たしかに梨庵の姿は、物乞いのようにしか見えない。

「江戸を出るにあたりいろいろと事情があって、着の身着のままで旅することになったものでなぁ。これでも江戸では、名の知れた鍼医者だったんだが」

梨庵が不格好に伸びた坊主頭を左手で掻いた。

「本当にお医者様なのか」

伝五郎は半信半疑のようだ。

「信じられないというのであれば、俺は別にかまわない。このまま帰ったっていいんだ」

梨庵が鍼を包みに戻そうとした刹那、布団の上で上半身を起こして心配そうに様子を見ていた千代が、激しく咳き込んだ。

涼が慌てて駆け寄り、千代の背中を擦《さす》る。が、千代は息をすることさえ苦しそうに咳を続けていた。

「父ちゃん。このままじゃ母ちゃんが死んじゃう。梨庵先生に助けてもらおうよ」

涼が伝五郎に訴える。

「おじさん。俺からもお願いします」

駿も頭をさげた。

涼のように書物を読んだ訳ではないので、鍼灸というものがいったいどんなものなのかもわかっていない。それでも涼がここまで本気で頼ろうとするのだから、きっと信じるに足る何かがあるのだろうと思う。

それに千代を助けたいという思いは、駿だって変わらない。

前橋の町を訪ね歩いたことで、銭を持たぬ貧しい百姓のところへなど医者は来てくれないことを、嫌というほど思い知らされた。

もはや梨庵に頼るしかない。

それになんとなくだが、梨庵という男は、悪い人ではないような気がするのだ。

千代が苦しそうに息をしながら、

「あたしは先生に鍼を打ってもらいたい」

そう言った。

「いいのか」

伝五郎が不安そうに千代を見る。

「涼と駿がお連れした人だよ。あたしは先生を信じる」

それで伝五郎も腹を決めたようだ。

「先生。かかあをどうぞよろしくお願いします」

梨庵に向かって、深々と頭をさげた。

涼と駿も、すぐにそれに倣った。

梨庵が神妙な顔で首肯する。

「うむ。相わかった」

梨庵は、千代の背中や腰を熱い湯で絞った手拭いで拭くと、火で炙《あぶ》った鍼を、幾つも突き刺していった。

千代は痛みを訴えるどころか、むしろ気持ち良さそうにしている。

気がつくと、先ほどまでの激しい咳は、嘘のように消えていた。

目の前で起こったことが信じられない。

「顔色も良くなっているな」

梨庵が言うとおり、死人のように真っ白だった顔にも、瞬く間に火照ったような赤味が差しはじめた。

「母ちゃんは、治ったんですか」

涼が喜びの声をあげる。

「病の根が取りのぞかれたのではない。とりあえず、息を楽にして、血の巡りを良くしておいた。これでゆっくりと休めるはずだ。しばらくの間は、日に一度、鍼を打たせてもらうぞ」

「それで治るんですか」

「案ずることはない。一月もすれば、田畑で鍬を振るうくらいはできるようになるだろう」

「ありがとうございます」

「なあに、一宿一飯の恩義があるからな」

梨庵が笑みを浮かべながら、深く頷いた。

第三章

団子屋は団子を売らない

一

天明六年（一七八六）水無月《みなづき》。

梅雨《つゆ》が明けると、風が待ち遠しくなる。

萌《も》える青葉を揺らして、格子窓を擦り抜けた涼やかな風が、スルリと板の間を舐《な》めていった。気持ちの良い季節だ。

「おまえたち、いくつになった」

日ノ出塾の講義を終えて、涼と一緒に家に帰ろうとしていた駿は、師範の内田健史郎に呼び止められた。

「十三です」

涼が答え、澄んだ瞳をまっすぐに返す。

それに健史郎が満足げに口角をあげた。

「そうか。ならば一人前だな」

「当たり前です。俺たち、いつまでも子供じゃないです。野良仕事だってなんだって、大人に負けないくらい働いていますからね」

駿は胸を張る。

「うむ。良かろう。二人とも、そこへ座りなさい……」

駿は涼に続いて、健史郎の前で膝を折った。

「……団子は好きか」

「はい。大好きです」

問われるまでもない。老若男女、団子が嫌いな人など、聞いたことがなかった。駿は首がもげるほどに大きく頷く。

「これをやろう」

駿と涼の前に、竹皮の包みが各々置かれた。

「よろしいのでしょうか」

と言った涼の言葉に、すでに手を伸ばしかけていた駿は、隣で咳払いをして誤魔化す。

「子供が遠慮するものではない」

「そうですよね。子供が遠慮することはないですよね」

健史郎の言葉に、相好を崩しながら再び手を伸ばした。

「駿は相変わらず調子が良いな。先ほどは、いつまでも子供ではないと言っていたではないか」

健史郎が声をあげて笑う。

「あれ。そうでしたっけ」

もう我慢できぬとばかりに、駿は竹皮の包みを開いた。

二串の団子が姿を見せる。

大きく口を開けて、ひとつ目の団子にかぶりついた。

「うまい」

香ばしい醬油の味わいが、鼻から抜ける。嚙み締めると、搗《つ》いてねられた米の甘みが口の中いっぱいに広がった。

あまりの美味しさに頰が落ちそうだ。

駿が夢中になって団子にかぶりついている姿を見て、さすがに涼も堪えきれなくなったのか、すぐに竹皮の包みを紐解いた。

「いただきます」

両手を膝に置いて頭をさげた後、涼も団子を頰張る。

「どうだ、団子は美味《うま》いか」

健史郎がにこやかに訊いた。

「はい。団子なんて、滅多に食べることができませんから」

涼もこの時ばかりは子供らしく団子に夢中になる。

「盆と正月がいっぺんに来たって、団子なんて食えないよな」

駿は串にこびりついた団子の残りにしゃぶりついていた。

三年前の浅間山の大噴火から、酷い飢饉が続いている。大雨で田畑は流され、米も麦も野菜も収穫はわずかなものだった。今や団子など、そう容易く口にはできない。

「どうだ。もっと団子を食いたいか」

「そりゃあ食べたいに決まってますよ」

間髪を容れずに答える。

「ならば、軽井沢宿《かるいさわ》へ行ってもらえぬか」

思いも寄らぬ健史郎の言葉に、駿は涼と顔を見合わせた。

軽井沢宿は、中山道《なかせんどう》六十九次でもっとも栄えている宿場だった。

「軽井沢宿に、どのような御用があるのでしょうか」

涼が尋ねる。

まさか団子を食べに行くだけの用事などがある訳がない。

「おまえたちが食べている団子だが、軽井沢宿の碓氷屋《うすいや》という店のものだ。碓氷屋は中山道中でも評判の茶店だ」

駿は二串とも食べ終えてしまい、

「どうりで美味い訳だ」

名残惜しそうに串をしゃぶる。

「おまえたち二人に、碓氷屋の手伝いに行ってもらいたいのだ」

「団子を売るのですか」

「うむ。主《あるじ》の惣右衛門《そうえもん》が薪《まき》割りをしていて腰を痛めてしまい、床についてしまった。歩くこともままならぬらしい。惣右衛門には女房も子供もなく、一人で店をやっているのだ」

「それで困っていらっしゃるのですね」

涼の言葉に、健史郎が頷く。

「惣右衛門には、前橋に来たころにとても世話になったのだ。わたしが日ノ出塾の師範として今があるのも、惣右衛門のお陰と言っても良いくらいだ。惣右衛門はこの塾の御先代と昔から懇意にされておって、わたしを引き合わせてくれたのだ」

「お武家様なのですか」

「元はお家に仕えていたこともあったようだが、今は刀を捨て、商いに励んでおられる」

駿は口を挟んで、

「俺は団子が食えるのなら、なんでもかまわないです」

鼻の頭を掻きながら言った。このような申し出を断る道理はない。

「駿ならば、そう言うと思っておった」

健史郎に笑われてしまった。

「それで、いつから行けばいいんですか」

団子屋の商いの手伝いと聞けば、一刻も早く行きたかった。

「届いた文によれば、惣右衛門の腰はひどく悪いようだ。前にも同じように寝込んだときには、一月ばかり床を離れられなかったとのことなので、此度《こたび》もそれくらいは覚悟を要するであろう。と、なれば、おまえたちの親にも許しを得ねばならぬ……」

そこまで言った健史郎は、しまったとばかりに顔を歪めた。

駿はすでに二親を亡くしている。鶴が浅間山噴火の犠牲になってから、まだ三年しか経っていなかった。

「……これはわたしとしたことが迂闊であった。駿、すまぬ」

「健史郎先生、俺、大丈夫ですよ」

駿は笑顔をくずさない。

「そうか」

「気にしてないって言えば嘘になるけど、今は涼の父ちゃんと母ちゃんがとても良くしてくれていますから」

「ならばいいのだが。では、明日にでも伝五郎に、このことを話しに行くことにしよう」

健史郎が師範を務める日ノ出塾では、貧しい百姓の子は月謝を納めなくても学ぶことができる決まりになっていた。

国が富み栄えるには、身分の差なく広く学問をすることが大事であるというのが、健史郎の持論なのだ。

その代わりに、子供たちは畑仕事の合間を見ては、日ノ出塾にやって来て、薪割りや掃除などの仕事を手伝うことになっていた。

健史郎の頼みとあれば、たとえそれが一月に及ぶ仕事であろうと、伝五郎が断る訳がなかった。

「うれしいなぁ。これで毎日、団子が食えるぞ。なあ、涼」

「馬鹿なことを言うな。俺たちは団子を売りに行くのであって、食べに行くのではないよ」

「ちぇっ。そんなことはわかってるけどさ。たまには食べさせてくれるんじゃないか」

これには健史郎が、

「そうだな。団子をたくさん食べさせてもらえるように、しっかりと商いを手伝ってくるのだぞ」

そう言って、大きく頬を揺らした。

江戸からの旅では武蔵国、上野国と順に抜け、難所の碓氷峠を越えて信濃国《しなののくに》に入ると、日本橋《にほんばし》から数えて十八番目の宿場町が軽井沢宿になる。

玉宮村からでは五里（約二十キロメートル）ほどで、峠を二つ越えても、若い駿と涼の足なら一刻半（約三時間）余りの道のりである。

もっとも、たいして離れてはいないというのに、宿場に足を踏み入れてみれば、目を見張るほどに様相が変わる。

賑《にぎ》やかな街並みは、川越藩の城下はおろか前橋分領の陣屋からも遠く離れた玉宮村のような辺鄙《へんぴ》な農村とは比べるべくもない。

天保《てんぽう》年間の『中山道宿村大概帳』には宿内家数が百十九軒と記され、そのうち本陣が一軒、脇本陣が四軒、旅籠《はたご》は二十一軒あった。

中山道六十九次でも、一際抜きん出た賑わいだ。

さすがに駿たちにはかかわりがないが、中山道で飯盛女（遊女）と言えば、いの一番に軽井沢宿があげられるほどの盛り場でもある。

人が集うところには、商いを求めて店が立つ。

旅籠のまわりには飯屋や茶店、それに土産物《みやげもの》屋などが軒を争うように立ち並んでいて、昼間でも昼餉や休息に足を止める旅人が多かった。

　行き交う人の旅装束も、心なしか華やいで見える。

　半合羽に振分け荷物を背負い、小袖を尻からげにして、股引《ももひき》に脚絆《きゃはん》を巻き、腰には道中差しの小刀を、手には粋《いき》に菅笠《すげがさ》を持っている。

　中山道は東海道《とうかいどう》と、はじまりとおわりを同じくする。大きく分ければ、山道を行くか、海沿いを歩くかの違いである。

　江戸と上方を行き来する商人は、河川の多い東海道を避け、あえて山道の険しい中山道を使う者も少なくなかった。

　大きな川は、橋が架かっているところばかりではない。

　橋がなければ、渡し船や川越しの人足の担ぐ蓮台《れんだい》に乗ったり、人足に肩車をしてもらって渡ることになる。

　雨が続いて川の水が増せば、川留めといって手前の宿場で幾日も足止めされることも珍しくなかった。

　ならば川越えの多い東海道よりも、はなから山越えで幾日か加えても日足《ひあし》の読める中山道を選ぶのは、商人らしい旅の知恵と言える。

　道中の日足が読めるから、宿場では余裕を持って泊まる者も多いのだろう。

　軽井沢宿のような大きな宿場が賑わう訳である。

ここですれ違うのは、なにも男ばかりではなかった。

　女子《おなご》の旅人もたくさん歩いている。

手甲に脚絆をして、着物の裾をたくしあげ、その上からは大きめの浴衣《ゆかた》を羽織って腰紐で締めている。両の手には菅笠と杖を持って、さえずる雲雀のように連れ立って、楽しげに足を進めていた。

　多くが寺社への参拝を目当てとした行楽の旅である。

　参勤交代により大名家の子女は江戸屋敷に人質にされていた。

　身分を偽っての逃亡を許さぬために、江戸を出ようとする武家の子女に対しては厳しく目を光らせていたが、町人の女は神社仏閣への参拝と申し出れば、容易に手形を出してもらえた。

　軽井沢宿でも、善光寺《ぜんこうじ》参りを楽しむ女たちが、列をなすほど数多く行き交っている。

「ずいぶんとたくさんの人がいるもんだな」

　駿は宿場の街並みやすれ違う人たちを、彼方此方《あちこち》と忙《せわ》しなく目で追った。

　軽井沢宿に来たのは、生まれて初めてだった。

「おい、よそ見ばかりをしていると、つまずいて転ぶぞ」

　眦《まなじり》を吊《つ》りあげた涼に袖を引かれてしまったが、見るもの聞くもののすべてが物珍しいのだから仕方がない。

「なあ、涼。今日は祭りでもあるのか」

「違うよ。ここではいつもこんなものさ」

伝五郎とともに軽井沢宿まで農具を買いにきたことがある涼の言葉を聞いても、まだ半信半疑である。

「こんなにたくさんの人が歩いているのを、俺は生まれて初めて見たぞ」

川越藩の陣屋がある前橋でも、これほどの賑わいはなかった。

「軽井沢宿は大きな宿場だからね。立ち寄る旅人も多いんだ」

「蕎麦って書いてあるぞ」

「あの店は蕎麦屋だろう」

「向かいの店には、うどんって書いてあるぞ」

「うどん屋なんだと思う」

「その隣の店は、饅頭《まんじゆう》って看板もあるぞ」

どうしても鼻息が荒くなってしまう。

「少しは落ち着けよ。田舎者だと思われるよ」

「そう言う涼だって、さっきから心ここにあらずって目をしているぞ」

「そんなことはないよ」

「どうだかな」

「俺はこれから手伝いに行く団子屋のために、宿場町の様子をうかがっているのさ」

涼がわざとらしく眉根を寄せる。

そういう仕草をするときは、涼が照れ隠しをしている証《あか》しだ。

幼馴染みなのだから、手に取るようにわかる。ここは気づかぬふりをしてやることにした。

「どうして宿場町を見て歩くことが、団子屋のためになるんだよ」

「俺たちは玉宮村か、せいぜい近隣の村の人たちしか知らないだろう」

「世の中には、こんなにたくさんの人がいたんだな」

「江戸にはもっと大勢の人がいるそうだよ」

「本当か。大勢って、倍くらいか」

「もっとだ」

「じゃあ、十倍か」

「いや、もっとだ」

「だったら、百倍か」

「そんなもんじゃないよ」

これ以上はもうわからない。駿は潔くあきらめた。

「世の中には、俺たちの知らないくらいたくさんの人がいるってことだな」

「そうだね。江戸からも上方からも、大勢の旅人がここを通るんだ。きっと、団子屋のお客は旅人が多いと思うんだ。俺たちも団子屋の商いを手伝うのだから、少しでもお客のことを知らなくちゃいけないだろう」

「なんで商いを手伝うのに、お客のことを知るんだよ。団子屋は団子のことを覚えればいいんじゃないのか」

涼の言っていることが、ちっともわからない。

「挨拶、応答、饗応《きょうおう》、柔和たるべし。大いに高利を貪り、人の目を掠め、天の罪を蒙《こうむ》らば、重ねて問い来るひと稀《まれ》なるべし。天道の働きを恐るる輩《やから》は、終《つい》に富貴、繁昌《はんじょう》、子孫栄花の瑞相《ずいそう》なり。倍々利潤、疑いなし。よって件の如《ごと》し」

「なんだよ、そりゃ」

「これは『商売往来』に書かれている商いの大切な心得さ。健史郎先生にお借りして、読ませていただいたんだ」

事に当たる前に書物を紐解くのは、涼にとってはいつものことだ。『商売往来』とは、手習い所で商人の子弟に商いの心構えを説くための教本である。手紙のやりとりの形で挿絵も多く、子供向けにわかりやすく書かれていた。

「百姓の俺にもわかるように教えてくれよ」

わからないことは素直に訊く。

意地っ張りの駿でも、相手が涼だと、不思議と素直にそれができた。

涼のほうも偉ぶるようなことはしない。いつも駿が尋ねたことを、優しく手ほどきしてくれた。

「団子屋に来るお客様は、何を買いに来ると思う？」

「いくらなんでも俺を馬鹿にしすぎだぞ」

「じゃあ、わかるの？」

「当たり前だ。団子屋なんだから、団子を買いに来るのに決まっているだろう」

どうだとばかりに、胸を張る。

「それが違うのさ」

「違う訳がないだろう」

「ふふんっ。まあ、そう思うよね」

涼の真剣な眼差《まなざ》しは、とても嘘を言っているようには見えなかった。

「団子屋に来る客が団子を買うほかに、いったい何を買うっていうんだ」

「そうだね……」

涼が往来で立ち止まると、腕を組んで思案する。つられて、駿も足を止めた。

「……駿は、団子を食べるとどんな心持ちになるのかな」

「そりゃ、とにかく美味いと思うよ。団子は大好きだし、滅多に食えるもんじゃないからな」

「美味いと、どうなるの」

「団子が美味いと、俺は幸せになるかな」

団子の話をしているうちに、口の中に唾が溢れてくる。思わず、ゴクリと喉を鳴らして飲み込んだ。

「なるほど、駿は団子を食べると幸せになるんだね」

「まさにこの世の極楽浄土に行ったみたいだ」

気がつけば、だらしなく頬が緩んでいる。

「大袈裟《おおげさ》だな。食い意地が張り過ぎだよ」

「だって、団子だぞ」

「たしかに団子は美味しいからね」

「当たり前だ」

「健史郎先生に聞いたんだけど、碓氷屋の団子は軽井沢宿の名物になっているそうだよ。買いにくるのは宿場で暮らす人たちだけでなく、碓氷屋の団子を目当てに、わざわざ軽井沢宿に立ち寄る旅人もたくさんいるらしいんだ」

「旅人の評判になるくらい美味いってことか」

そんなに碓氷屋が繁盛しているのならば、店主が寝込んでしまい、さぞや人手に困っていることだろう。

一生懸命に働けば、褒美に団子をいっぱい食べさせてもらえるに違いない。

一刻も早く、碓氷屋に行きたくなった。

「でもね。たくさんのお客が来ると言っても、人によって目当ては各々違うんだ。店の手伝いにしたって、それをわかっているかどうかで、ちゃんと役に立つかどうかが決まってくるんだよ」

「だからさ。団子屋に来る目当てって、団子を食べることじゃないのか」

役に立たないかもしれないと言われれば、居ても立ってもいられない。褒美の団子がもらえないかもしれないのだ。

「俺は思うんだけど、旅籠で働く人たちって、いつも忙しくしているだろう。団子屋には、ひとときの息抜きを求めに行くんじゃないのかな」

「忙しいから、息抜きか」

「きっと、そうだよ」

「だったら、旅人は何を目当てに団子屋へ行くんだよ」

「長旅で疲れている人なら、足を休めたり、躰の疲れを癒やすために団子を食べるのかもしれないね」

「たしかに美味しい団子を食べれば、旅の疲れも吹っ飛んじまうだろうな」

団子を食べさせてもらえるなら、自分ならいくらでも店の仕事を手伝えるだろう。

「だから、団子屋が売るのは団子ではないんだよ」

「わかったような気がするぞ。碓氷屋のような美味い団子屋に来る客は、団子を食べることで幸せになりたいんだな」

「うん。だから買うのは団子ではなく、その先にある元々の目当てなんだ」

「幸せに銭を払うのか」

「ああ、そうだよ」

「涼、おまえって、すごいな。いつも、そんなことを考えているのか」

「いきなり、なんだよ」

「おまえの頭の中には、難しい本でも詰まってるんじゃないのか」

涼がなぜ学問に夢中になるのか、少しわかったような気がする。

自分では知らなかったことを学ぶことで、広く視野が開け、駿はなんとなくだが新しい自分になれたように思えた。

「三献茶って話があるんだ」

「おっ。いつもの涼のありがたい話がはじまったな」

「茶化すなら教えないよ」

「ごめん、ごめん。ちゃんと聴きますから、どうぞ教えてください」

駿は両手を合わせ、拝むようにして頭をさげる。

「ごほん。仕方がないな。教えて進ぜよう」

涼が健史郎先生の声音を真似た。

「ありがとうごぜえますだ」

子犬がじゃれ合うような、いつもの二人のやりとりだ。

「健史郎先生が貸してくださった『武将感状記《ぶしょうかんじょうき》』という本に書かれていた、太閤殿下《たいこう》と治部少輔《じぶのしょう》殿が出会ったときの話だけど……」

「たいこうでんか？　じぶ……なんだって」

駿は、自分でも目が輝いてくるのを感じる。

本物の健史郎先生の講義は、堅苦しくて坊さんのお経を聴いているようだけれど、涼の話はわかりやすくておもしろかった。

「太閤殿下は豊臣秀吉《とよとみひでよし》公のこと。治部少輔殿は石田三成《いしだみつなり》だよ」

「ああ。いしだみつなりのことか」

わかった風に顎をあげる。もちろん、まったくわかっていない。

日ノ出塾でも難しい講義のときは、駿は居眠りばかりしていた。

机に齧りつくようにして学問に取り組んでいた涼とは、雲泥の差である。

「太閤殿下が、まだ羽柴《はしば》秀吉と名乗って長浜《ながはま》城主だったころのことだ」

「ということは、織田信長公の家臣だな」

「すごいじゃないか」

「俺だって、それくらいはわかるよ」

うろ覚えで言ったのだが、どうやら当たっていたようだ。

「太閤殿下は鷹《たか》狩りをした帰りに喉が渇いて、帰城の途中にあった法華寺《ほっけじ》というお寺に立ち寄ったんだ」

「そこに石田三成がいたんだな」

身を乗り出した駿に対して、涼が穏やかに頷く。

「まだ寺の小姓で、佐吉《さきち》という名だったけどね。太閤殿下は茶を所望されて、佐吉が支度を言いつかったんだ。どうしたと思う」

涼がいつものとおり、駿に問答を仕掛ける。

澄んだ瞳が挑むように、爛々《らんらん》と見開かれた。

男の駿から見ても、こういうところは惚《ほ》れ惚《ぼ》れする。

「太閤殿下はすごく喉が渇いていたから、城に帰る前に寺に寄ったんだろう」

「そうだね」

「俺ならお茶をたくさん持っていくな」

「半分当たりってところかな」

「ちぇっ。半分だけか」

「このときの三成は十五歳だってさ」

「俺たちとあまり変わらないな」

「だけど三成は、やはり名を残すだけはある名将だよ。初めは大きな茶碗に、ぬるいお茶をたっぷりと注いで太閤殿下に持っていったんだ」

「なんだ。俺の言ったとおりじゃないか」

名将と同じ答えを出せて誇らしい気持ちになった。

「まあね。お茶で喉の渇きを潤した太閤殿下は、もう一杯、お茶を所望されたんだ。すると三成は、二杯目は先ほどより少しだけ熱いお茶を半分ほど入れて持っていった。これも気持ち良く飲まれた太閤殿下が、さらにもう一杯と言われると、三杯目は小振りの茶碗に、舌が火傷《やけど》しそうなほど熱いお茶を少しだけ入れて出したそうだよ」

「どういうことなんだよ」

「一杯目で喉を潤し、二杯目で疲れを癒やし、三杯目でお茶を味わっていただくということさ。三成は、頼まれたからといって、お茶を出しただけではなく、喉が渇いた人への気配りをしてみせたんだ」

「団子が食べたいという人に団子を売るのも、そういうことなんだな」

「さすがは駿だね」

涼に褒められると嬉しくなる。

駿は百姓だ。土をいじって作物を育ててきた。畑や野山のことならば、たいがいのことはわかる。が、手伝いとはいえ、商いをするのは初めてだった。

「商いって、おもしろいな」

「へえ、難しいではなく、おもしろいと思うんだね」

「お天道様が相手の百姓もおもしろいが、人が相手の商いは、鍬を振るうのとは違ったおもしろさがある」

涼が笑みを崩さぬまま、驚きの色を見せる。

「太閤殿下は三成の気配りにいたく感じ入り、家臣として取り立てたそうだよ。駿も出世しそうだね」

「俺なんて、無理だよ。そもそも俺は、侍になんてなりたくないからな。出世なんて興味ないさ」

「そうなの？」

「俺は団子屋の手伝いを頑張って、褒美に団子をたくさん食べさせてもらうほうがいいよ」

「それもそうだね」

往来を旅人たちが行き来する。

二人は頷き合うと、再び碓氷屋に向かって歩きはじめた。

二

「さすがは大きな宿場だな。さっきからすれ違う人の着ているものが違うよ」

宿場の本通りを行く駿の少し前を、若い男が歩いていた。

年の頃は二十七、八というところか。

値の張りそうな小袖に羽織を重ねた支度を見れば、駿たちのような百姓でも、男が裕福な商人であることくらいの察しはついた。

「あれはたぶん上田縞《うえだじま》じゃないかな」

駿の視線の先を追った涼が教えてくれる。

「やっぱり、値の張るものなのか」

「そうだね。世が戦国のころに信州《しんしゅう》上田の真田《さなだ》信繁《のぶしげ》様（幸村《ゆきむら》）が織物をいたく奨励したことで盛んに作られて、そう呼ばれるようになったそうだよ。裏を三度取り替えても表は丈夫だから三裏縞《みうらじま》とも言われて、値は高くとも割が良いとされて、江戸では大店《おおだな》の商人が好んで着ているんだ」

さすがは涼である。どんなことでも知っている。

「そんなに丈夫なのか」

「真田様は神君家康《いえやす》公を追いつめたほどの武将だからね。真田も強いが上田も強いって、上田紬《つむぎ》は評判だそうだよ。上田縞を着流しているくらいだから、あの人も旅籠か大店の商店の若旦那かもしれないね」

柳のようにヒョロリヒョロリと細い躰を右に左に揺らしながら歩く様は、鼻筋のとおった端整な面立ちと相まって、大店の若旦那というより、話に聞く歌舞伎の女形《おやま》のようだと思った。

そこへ、職人か棒手振《ぼてふ》りのように小袖を尻端折《しりはしょ》りにした白髪まじりの男が、何かに慌てたかのように小走りに向かってきた。

若者が、あっと声をあげたが、時すでに遅く、若者の右胸と白髪まじりの右肩が激しくぶつかった。

ドンッという音が、聞こえた気がするほどだ。

「痛《いて》ぇな。気をつけろ」

白髪まじりは振り返りもせず、乱暴な言葉だけを残して立ち去ろうとする。

「すみません」

若者はよろけながらも、律儀そうに頭をさげた。

「おい、見たか」

駿は涼に目配せする。

「ああ、まちがいない」

涼が応える。

「捕まえるぞ」

「でも、関わり合いになるのは……」

涼はいつでも冷静だ。無鉄砲なことはしない。

「これが放っておけるか」

それで待てるような駿ではなかった。

「駿、待って――」

「泥棒！」

駿はすでに大音声《だいおんじょう》をあげながら、白髪まじりに向かって駆け出していた。

追いつくと、背後から白髪まじりの腕を摑んだ。

齢十三ながら、駿の身の丈は大人とほとんど変わらない。日ノ出塾では十七、八の年長者と並んでも、少しも引けを取らなかった。

「なんだ、てめえは」

鼻息も荒く、キッと睨む。

白髪まじりが、眦を決する。

「盗《と》ったものを返してあげてください」

「なんのことだ」

「あの人の懐から、財布を盗っただろう」

「おい。子供だからって、あんまりいい加減なこと吐《ぬ》かしやがると、只《ただ》じゃおかねえぞ」

左袖を肩まで捲り、日焼けした筋骨隆々の太い腕を見せて凄んできた。

が、そんなことで怯むようなら、初めからこんな面倒なことに首など突っ込まない。

「只じゃおかねえって、どうするつもりだよ」

「痛い目に合わせてやるってことだ」

「上等じゃねえか。怖かねえぞ。やれるもんなら、やってみろ」

売り言葉に買い言葉とは、まさにこのようなことを言うのだろう。

だが、誰がなんと言おうと、悪いものは悪いのだ。見捨てておくことはできない。

「小僧のくせして、ふざけた口をききやがって。覚悟しやがれ」

その刹那、白髪まじりの右の拳が、電光石火で飛んで来た。

駿の躰が吹っ飛ぶ。

「痛っ！　殴りやがったな」

まるで目から火花が飛び散ったようだ。

「やれるもんならやってみろって言ったのは、おまえのほうだぞ」

「だからって、本当に殴る奴があるかよ。卑怯者《ひきょうもの》！」

殴りつければ怯むかと思った相手が、負けずに突っかかってきたので、白髪まじりの怒りにさらに火がついた。

「なんだと。もう、容赦はしねえ」

転んでいた駿の脇腹を、白髪まじりが力一杯足蹴にする。

「うっ！」

口から腸《はらわた》が飛び出してしまいそうだ。わずかに遅れて激痛が襲ってくる。苦しくて、息が止まる。額を嫌な汗が流れた。

糞《くそ》っ。本気で蹴りやがって。

苦しさと悔しさで目に涙が滲んだが、それでも歯を食いしばって相手を睨《ね》めつけた。

これがさらに白髪まじりの逆鱗《げきりん》に触れたようだ。

続け様に三発、さらにもう二発。情け容赦のない蹴りが襲ってくる。

両手で頭を抱えて、必死に耐えた。

「やめてください！」

涼の叫ぶ声が、両手で覆った耳に、かすかに届く。その間も、白髪まじりの蹴りは続いた。

騒ぎを聞きつけて、瞬く間にまわりに人垣ができる。

旅支度の侍、大きな籠を担いだ薬売り、旅籠の客引き、褌姿《ふんどしすがた》は飛脚か荷運びの雲助《くもすけ》か。目が見えぬであろう宿場の按摩《あんま》まで混じっている。

「どうしたんだ」

「喧嘩《けんか》か」

「子供が殴られてるぞ」

「おい、見えねえぞ」

往来は祭りかと思うほどの喧噪《けんそう》に溢れている。騒ぎが騒ぎを呼び、すぐに人垣が二重三重と膨れあがっていった。

「どうしたのだ」

肩衣《かたぎぬ》姿に二本差しの初老の男が、険しい顔つきで人垣を掻き分けるように進み出てくる。仁王像のように、厳《いか》めしい面立ちをしていた。

「こ、これはお役人様……」

白髪まじりの顔色が変わった。大きく肩で息をしている。

現れたのは、宿役人の大村一之助《おおむらいちのすけ》だ。

宿役人とは、宿場の人馬継立《つぎた》てなどに支障が出ないように督する任にあたる役人のことで、名主、問屋、年寄、帳付《ちょうつけ》、人馬指《じんばさし》などがおり、そのうち名主、問屋、年寄の三役には名字帯刀が許されて、役給が与えられていた。

「うぉっほんっ。問屋役の大村である。この騒ぎの主は、おまえか」

威厳たっぷりに大きく咳払いをした。

「なあに、お役人様。たいしたことではないんですよ」

白髪まじりが卑屈に笑みをこぼす。

「違うぞ。こいつが――」

役人と聞いて、駿は大村に事の次第を訴えようとするが、

「実はお役人様……」

すぐに白髪まじりの濁声《だみごえ》で遮られてしまった。

「……この小僧が余所見《よそみ》をしながら歩いてきて、あっしの肩にえらい勢いでぶつかったんです。おー、痛《いて》え。こいつは怪我をしてるかもしれねえな」

白髪まじりが大袈裟に顔をしかめながら、左手で右肩をさする。

「怪我をしているのは、どうやらおまえのほうではないようだが」

駿の顔は赤黒く腫れ、唇や指からは血が流れていた。

「そりゃあ、こいつがぶつかっておきながら、詫びのひとつも言わねえんで、大人の躾ってやつを教えてやっていたところなんですよ」

「往来で肩がぶつかったくらいで、子供に殴る蹴るの乱暴をするのか」

大村が眉をしかめて、往来に転んだままの駿と白髪まじりを交互に見やった。

「あまりに口の減らねえ小僧なもので、あっしも少しばかり力が入ってしまったようで」

そのときだ。

「ああっ。その人、わたしにもぶつかりました」

野次馬を掻き分けるようにして、一人の男が大村の前に進み出た。

あの若者である。

顔をあげた駿が、しめたっとばかりに、

「お兄さん、ちゃんと財布はしまってあるかい」

若者に投げかける。

「えっ。財布ですか」

思い当たることがあるのか、慌てて若者が懐に右手を差し入れた。

すぐに手は抜かれるが、そこには何も掴まれていなかった。

みるみる顔が蒼白《そうはく》になっていく。

それを見た白髪まじりが忌ま忌ましげに舌打ちをすると、

「お役人様。実は先ほどそちらの兄ちゃんと肩がぶつかりまして。そのまま財布を落として行っちまったんで、こいつはいけねえと、とりあえず拾ったまではいいが、さてどうしたものかと始末に困っていたところでございます」

いつの間にか取り出した財布を手に持ち、大村に向かって恭《うやうや》しく差し出した。

「嘘ばっかり……」

叫ぼうとした駿の口を、怪我の手当をしようとしていた涼が、手拭いで塞ぐ。

「……うぐぐっ」

声が出せなかった。仕方がないので、白髪まじりを睨みつける。

「その者ともぶつかり、子供ともぶつかる。余程、当宿の往来は込み入っているようだな」

「そりゃあ、中山道一の賑わいですから。日に二度や三度、人にぶつかることもありましょう」

「ふん。それで財布を拾ったのか」

「仰せのとおりでございます」

「まさか、そのまま我が物にしようとしていたのではあるまいな」

「滅相もないことです。これからお役人様のところへ届けようと思っていたら、この小僧に絡まれて難儀をしていたところです」

「そうか。嘘偽りはないな」

「ございません」

大村が財布を手に、今度は若者に視線を投げた。

「ほほう。ずいぶんと重いな」

「わたしの財布でございます」

若者が泣きそうな顔で訴える。

「それを証す手立てはあるか」

「もちろんです」

「どうやるのだ」

「財布の中身は、一両と二朱。それに善光寺様の御札でございます」

「それはずいぶんと大金ではないか。なるほど、どうりで重い訳だな。しかし、何故《なにゆえ》、そのような大金を持ち歩いておるのだ」

「わたしは六月前より、当宿におきまして、爺様の商いを手伝っています。これは店で売る品の仕入れのための金で、爺様より預かった大切なものでございます。万が一にもこれをなくせば、爺様に合わせる顔はなく、首をくくらねばなりません」

「それは大切な金であるな。なぜ、落としたりしたのだ」

「わかりません。気をつけていたのですが、いつ落としたのかも、皆目見当がつかないのです」

「それはそうであろう。いつ如何《いか》なる時に落としたかわかっていれば、己で拾わぬ訳はないからな」

「面目ございません」

「わかった。それでは、中身を改めるぞ」

「どうぞ、よしなに」

大村が財布の紐を解くと、中身をたしかめた。

「うむ。たしかに一両と一朱銀が二枚、それに善光寺の御札が入っておった。申したとおりだ。これはおまえの持ち物に相違ない」

「ありがとうございます」

大村は財布を若者に、差し出した。若者が涙を流さんばかりに、両手を合わせて財布を受け取る。

大村は、そのまま白髪まじりに向きなおった。

「さて、本来ならば問屋まで来てもらって、この財布を拾った顚末《てんまつ》を吟味せねばならないところだが……」

「お待ちください。あっしは何も――」

十両盗めば首が飛ぶ。財布の中身が一両ともなれば、盗んだ罪は軽くない。

血相を変えた白髪まじりを、大村は笑みを浮かべながら手で制した。

「まあ、待て。財布は無事に元の持ち主の手に戻った。誰も困っている者はおらん。わたしが預かる宿場で、いらぬ騒ぎを起こされては困るのだ。案ずるようなことは、何も起こらなかった。できれば、そうであってもらいたい」

「もちろんです。お役人様の手を煩わせるようなことは、何もありませんでした」

そこまで聞いていた野次馬たちが、蜘蛛《くも》の子を散らすように、それぞれの行く道に向かって歩きはじめた。

宿役人が事を荒立てぬと言えば、誰がなんと言おうが騒ぎはこれで終《しま》いとなる。つまらなそうな顔をしている者がいれば、憤りを隠せぬ者もいる。それでも、兎《と》にも角《かく》にもここまでである。

軽井沢宿ほどの大きな宿場では、このような面倒事は日常茶飯事なのだろう。それが揉《も》み消されることにも、皆、慣れているようだ。

瞬く間に、人垣は崩れてなくなった。後は何事もなかったかのように、往来をたくさんの人たちが行き来する。

なんだよ、これ。

呆気《あっけ》ないほど、誰もいなくなった。それが駿には納得いかない。

「ならば、わたしはこれから蕎麦でも食べて、お役目に戻ることにしよう」

野次馬が消えたのを見て、大村が独《ひと》り言《ご》つ。

「お役目、ご苦労様です」

暗黙の了解のように、白髪まじりが大村に歩み寄り、そっと袂に何かを忍ばせた。

駿は、それを見逃さない。

目を吊りあげた駿を、涼が首を横に振って制した。

「そうだ。その子供も怪我をしておる。痛みが紛れるように、菓子でも買ってやったらどうだ。騒がれても困る。面倒は御免だからな」

大村が白髪まじりに向かって顎をしゃくる。

「これは気がつきませんで……」

白髪まじりが駿の前に来て、

「……おい、小僧。これで菓子でも買え」

四文銭を放り投げた。四文銭が地面を転がり、駿の手に当たった。

「いらねえ」

銭は欲しい。

貧しい小作人にとって、銭を手にする機会など滅多になかった。だが、死んでもこの四文銭だけは拾いたくない。

「子供ゆえ、銭の値打ちがわからぬか」

大村が言った。

「算術くらい手習い所で学んでいる」

「では、なぜ銭を拾わぬのだ」

「そんな汚い銭なんて、いらない」

これには大村が不思議そうな顔をする。

「おもしろいことを言うな」

「何がだよ」

「銭に綺麗も汚いもあるか。四文銭は、どれも四文の値打ちだ。大人には簡単な道理だが、子供には難しいとみえる」

駿は立ちあがった。

「俺たちは百姓だ」

「それがどうした。百姓だから、銭の値打ちがわからぬのか」

「俺たち百姓は、土に鍬を打って畑を作るんだ」

「百姓なのだから、当たり前だろう」

「そうだ。当たり前だ。手のひらの皮が破けて血が流れて、手が痺れて痛みなんか感じなくなって、それでも鍬を振りあげ、土を耕し続けるんだ。耕した土に種を蒔いて、やがて根を張り、花が咲いて、それでも陽が強ければ枯れ、雨が多ければ腐る」

「何が言いたいのだ」

「汗を流さずに、銭などもらいたくない」

口元を引き締め、大村を睨みつける。

「ほほう……」

興が乗ってきたのか、大村が頬を歪めて薄笑いを浮かべた。

「……詳しいことは知らぬし、知りたくもないが、おまえが痛い思いをしたおかげで、そこに立っている男は一両二朱の大金を、なくさずにすんだのではないか。その働きを思えば、四文くらいは受け取っても罰は当たるまい」

先ほどから事の成り行きに呆然《ぼうぜん》と立ち尽くしている若い男を、大村が指さした。

「金のためにしたことではない」

「わからぬな。では、なんのためにそうまでしたのだ」

「母ちゃんと約束したんだ。困っている人がいたら助けてあげる。そういう大人になるって」

「だから、意にそぐわぬ銭は受け取らぬと申すか」

「そうだ。母ちゃんと約束したからな。汚い銭なんか、いらない」

「つまらん」

大村は鼻で笑うと、踵を返した。

「おい。待て。逃げるのか」

大村の背中に向かって叫ぶ。だが、大村は一度も振り返ることなく、往来の人の流れに飲み込まれていった。

気がつけば、白髪まじりの姿もなくなっている。

「駿。大丈夫か」

再び涼が、手拭いで口元の血を拭ってくれた。

「痛っ」

「だいぶ腫れてるよ」

「糞。やりたい放題に蹴りやがって」

大村や白髪まじりがいなくなって、忘れていた痛みが急に襲ってきた。

「すみません。わたしのために」

立ち竦んでいた若者が、深々と頭をさげる。

「いいんですよ。こいつが無茶したのがいけないんですから」

涼が駿の着物についた土汚れを手で叩いてくれる。

駿も殴られた頬の痛みに堪えながら、無理やり笑ってみせた。

「本当にありがとうございました。お二人は、わたしの命の恩人です」

大の大人が子供二人に幾度も頭をさげる。それだけでも若者の心根がわかるというものだ。

もっとも、一両二朱は大金である。なくしていたら首をくくっていたというのも、あながち大袈裟ではない。

若者が足下の四文銭を拾いあげた。

「この四文銭は受け取らないんですよね」

「死んでも、もらうもんか」

するとと若者は手にしていた財布を開き、四文銭をしまった。代わりに中から一朱銀を取り出した。

「この四文銭は、わたしがもらっておきます。改めて、財布を取り返してくれた御礼をさせてください」

一朱銀を差し出した。

「ま、待って」

一朱銀は、銭に換算すれば二百五十文になる。それくらいは駿でもわかることだ。

「どうか、受け取ってください」

「こんな大金、もらえませんよ」

「それでは、わたしが困ります」

「俺だって困るってば。さっきの俺の話を聞いていただろう。銭金のためにやったことじゃないんだから」

「わかっています。だから四文銭は、財布を掏《す》った男から、迷惑料としてわたしがもらっておきます。それはかまいませんよね」

　さすがにここまでのやり取りを聞いて、人の好さそうな若者でも、自分の財布が掏られたのだということに気がついたようだ。

「まあ、お兄さんにはもらう道理があるかな」

　若者が初めて笑みを浮かべる。

「この一朱は、わたしからの感謝の気持ちです」

「それはありがたいことだけど、一朱なんて多すぎますよ」

「でも、あなたが躰を張ってあの男を捕まえてくれなければ、わたしは一両二朱を失っていたんです。これは商いの元手に爺様から預かった大切な金です。あのまま掏られていたら、わたしの店は立ち行かなくなり、本当に首をくくらねばならないところでした。その御礼が一朱なんて、むしろ安すぎるくらいです」

　涼に助けを求めるが、

「ここまで言ってくださっているんだから、遠慮なくもらってもいいんじゃないかな」

　困っている駿をおもしろがっている。

「じゃあ、いただきます」

　駿は丁重に頭をさげて、一朱銀を受け取った。

　生まれて初めて触れた銀の感触に、抑えようのない胸の高まりが湧きあがる。

「わたしは爺様がやっている、さんもん屋という店を手伝っている十郎太《じゅうろうた》と申します」

十郎太が改めて、駿と涼に頭をさげた。

「わたしは涼です。こっちの無鉄砲なのは駿です。二人とも玉宮村から来ました」

「涼さんと駿さんですね。ぜひ、さんもん屋にいらしてください。爺様にも紹介させていただきますから」

「ありがとうございます。しばらくは軽井沢宿にいることになると思いますので、ぜひ寄らせていただきます」

「必ずですよ」

急ぎの用向きがあるとのことで、十郎太とはここで別れることになった。

十郎太が幾度も振り返って、その度に深々と頭をさげる。

余程、感謝の思いが強いのだろう。

年は倍ほども離れているはずなのに、最後まで駿と涼に礼を尽くす。

「さて、俺たちも行こうか。いつまでも道草を食ってちゃまずいからね」

涼が駿の肩を叩いた。

「涼。ごめんな」

「駿が無鉄砲なのは、いつものことだからね」

「本当に申し訳ない」

「駿は正しいことをしたと思うよ」

「でも、涼にも迷惑をかけた」

我ながら、自分の無茶な行いが恥ずかしい。

いつだって気がつけば、勝手に躰が動いていた。

「財布が掏られるところを、俺も見たんだ。駿はすぐに飛び出した。でも、俺は咄嗟《とっさ》に動けなかったんだ」

「涼のように冷静に考えることができなくて、いつまでたっても俺はだめだな」

「違うよ。俺は動かなかったんじゃない。動けなかったんだ。あのときのように」

涼が目を伏せる。

「あのときって」

「いや、なんでもない。兎に角、駿はすごい奴だよ」

「俺なんて、涼に比べたら、まったく駄目だよ」

「知ってるよ」

「えっ」

「当たり前だろう。俺は玉宮村の神童なんだよ」

「ちぇっ。せっかく、褒めてもらえたと思ったのに」

「さあ、もう行くよ」

涼が歩きはじめた。

駿は慌てて後を追う。

その手には、一朱銀が握られていた。

三

碓氷屋に着いた。

「涼、ここでいいんだよな」

駿は不安になり、涼に問う。

「たぶん、そのはずなんだけど……」

涼の返事も心許《こころもと》ない。

「どうなっているんだよ。聞いていた話と違うじゃないか」

「そ、そうだね」

「軽井沢宿って、中山道で一番賑わっている宿場町なんだよな。その軽井沢宿でも、碓氷屋は行列ができるほどの大繁盛の茶店だって話だったじゃないか」

「うん。健史郎先生は、そう言っていたんだけど……」

「大繁盛どころか、もうすぐ昼時だっていうのに、戸が閉まったままだぞ」

「おかしいよね」

「実は団子が不味《まず》くて、店が潰れちまったんじゃないのか」

「いくらなんでも、そんなことはないと思うけど」

「ならば、なんで店が開いてないんだよ」

涼に食ってかかってても仕方がないことはわかっていたが、口を突いて出る文句を止めることができない。

朝から五里の山道を歩き通しだ。険しい峠も二つ越えた。

中山道一の美味い団子が食べられると、ずっと楽しみにしてきたのだ。団子にありつけそうもないと思うと、くるるるっと急に腹の虫が鳴り出した。

碓氷屋は、本通りに面した二階建ての長屋の一角にある。

間口は二間で、周囲の旅籠に比べればそれほど大きくはないが、力強い文字で「碓氷屋」と書かれた厚みのある板看板や、端正な趣の格子戸など、両隣の甘酒屋や土産物屋とは、店としての格が違って見える。

なるほど、この店の団子が食べたくて、わざわざ旅程を変えてまで軽井沢宿に寄る旅人が後を絶たないと言われるだけの店構えをしている。

さぞや繁盛しているのだろう。

にもかかわらず、多くの茶店が店先に並べている腰かけのための縁台も脇に片付けられ、客を拒むかのように、固く戸が閉ざされていた。

暖簾《のれん》が垂れる暇もないほど賑わっている茶店だと聞いていたが、客どころか人の気配さえ感じられないのだ。

「おかしいね。とにかく、入ってみよう」

涼の言葉に、

「そうだな」

駿も首を傾げながら後に続く。

杉の板戸に手をかけ、そっと開けた。格子窓からわずかな陽光が差し込む。薄暗い室内に足を踏み入れた途端に、気の淀《よど》みが躰にまとわりついてくる。足を踏み入れると、すぐに埃《ほこり》が舞った。

いったい、いつから店を閉めているのだろうか。

「すみません」

涼が声をかけた。が、応じる声はない。吸い込まれるような静寂が、放っておけばいつまでも続いてしまいそうだ。

「すみません。玉宮村から、お手伝いにきました」

やはり、返事はない。

いったいどうなっているのだ。

「おーい、誰かいないんですか！」

我慢ができず、駿は大声を張りあげた。

「はーい」

女の声が返ってくる。

「なんだ、いるじゃないか。夜逃げでもしたのかと思ったぜ」

「駿。失礼だよ」

涼に睨めつけられた。

程なくして、奥から一人の女が顔を見せる。

年の頃は二十代半ば。粋も艶《つや》も訳知りといった中年増《ちゅうどしま》で、駿は見たことはなかったが、江戸で評判の錦絵を飾る美女とは、おそらくこのような女子なのだろうと思わせた。

さすがは中山道一の宿場街である。玉宮村では、とてもじゃないが、お目にかかれそうにない。思わず、ポカンと口を開けて見蕩《みと》れてしまった。

「どうしたの。あたしの顔になんかついているかしら」

問われて、駿は涼と顔を見合わせてしまう。

「お姉さんが綺麗だから」

顔を真っ赤に染めながら、思わず本音が口を突く。

「馬鹿、駿。失礼だよ」

涼に咎められるまで、己の非礼に気づかぬほど緊張していた。

「あら、いいのよ。子供は正直じゃないとね」

そう言って、女は口元に手を当て、屈託なく声をあげて笑う。

風に揺れる風鈴の音のような笑い声が、心地好く耳朶《じだ》に馴染んだ。

どうにも調子が狂う。

「俺は子供じゃありません」

駿はムッとして言い返した。

「確かに背丈は大人くらいあるわね」

「それだけじゃないよ」

「幾つなの」

「十三です」

「ちょうど、あたしの半分ね……」

言われて、女の顔をしげしげと見てしまう。白い歯がはっきりと見える。

「……生憎《あいにく》と、まだ亭主はいないよ」

今度は大口をあけて、ケラケラと笑った。白い歯どころか、赤い喉の奥まで見渡せそうなほどだ。

「ごめんなさい」

妻となった女は、眉を剃《そ》って歯を黒く染めているものだ。

視線の意図を見透かされてしまった。素直に詫びの言葉を口にする。

二十六歳の中年増が未婚というのは、駿が暮らす農村では珍しいのだ。

「それで、なんの用かしら」

女の問いかけに、気まずそうにしている駿に代わり、

「日ノ出塾の内田健史郎先生に言われて、お店を手伝いに来ました。玉宮村の涼と言います。こいつは駿です」

涼が挨拶をする。

が、女はそれには応えず、

「あら、あんた。その顔、どうしたの」

駿の顔を覗き込むようにして、驚いた声をあげた。

「ここへ来る途中で、ちょっと転んだんです」

「ふーん。転んだねぇ」

女が目を細める。

「べ、別に、たいした傷じゃないし……」

「ちょっと、待ってなさい」

女は奥に引っ込むと、程なくして戻ってきた。手には薬箱を持っている。

「ここに座りなさい」

「大丈夫だから」

「何が大丈夫なもんか。頬は腫れているし、唇からは血が出てるじゃない。転んでできた傷じゃないでしょう」

女が土間と座敷の境の上《あ》がり框《かまち》に腰かけた。

促されて、仕方なく隣に腰を降ろす。傷口に軟膏《なんこう》を塗られた。

「痛いっ」

「ほら、見なさい。やっぱり痛いんじゃない」

「ちょっと染みるだけです」

女の白魚《しらうお》を思わせる指先が、駿の頬の上を優しく滑る。吐く息が柔らかに触れた。軽やかに動きまわる瞳が、ときおり駿の視線を捉える。

高鳴る鼓動が女の耳に届いてしまいそうで、駿は項《うなじ》まで真っ赤に染めた。

「志津《しず》よ」

「えっ」

「喧嘩っ早いほうが駿で、そっちの利発そうなのが涼ね」

「だから、喧嘩なんかじゃないって」

「あたしのことは、お志津さんって呼んでいいから。はい、これでよし」

志津が塗り薬を薬箱にしまった。

もう、ちっとも痛くない。

「俺は手を出してないから、喧嘩じゃないです」

「あら、そうなの。案外としっかりしてるじゃないの」

なんだか、嬉しい。

さらに首のあたりまで紅潮した。

「わたしたち、こちらの店を手伝うように言われてきたんです」

「あなたは涼だったわね」

「はい。そうです」

「お爺ちゃんの知り合いかしら」

「お志津さんは、惣右衛門さんのお孫さんなのですか」

「違うわよ……」

志津が顔の前で大きく手を左右に振る。

「……あたしは誰よりもお爺ちゃんの作る団子が好きなだけ」

「お孫さんではないんですか」

涼が首を傾げた。

「だから、そう言ってるじゃない。あたしは隣の土産物屋の娘よ」

「それがどうして碓氷屋にいるのでしょうか」

「さあ、どうしてだと思う」

「そんなこと、わかりませんよ」

さすがの涼も、このやり取りには調子が狂ってしまうようだ。困った顔をしている。

「これでも江戸は深川《ふかがわ》の老舗《しにせ》の小間物屋に、十年も奉公に出ていたのよ」

「えっ。江戸で暮らしていたんですか」

駿は思わず上ずった声をあげた。江戸には一度も行ったことがない。これから先も行くことはないだろう。

江戸で暮らしていたと聞いただけで、女が途方もなく眩しく見える。駿のまわりで江戸の暮らしを知っている人は、手習い所の師匠である健史郎くらいしかいなかった。

「だけど、旦那様があんまりに酷いもんだから、逃げて帰ってきちゃったの」

花のお江戸の暮らしを捨てて逃げ帰ってくるほどだから、余程のことがあったに違いない。

「仕事をしくじった奉公人に折檻《せっかん》でもするんですか」

鬼のような形相の店の主に、跪いた志津が木刀で打擲《ちょうちゃく》されている姿が脳裏を過った。

浮かんだ姿のあまりの生々しさに、思わず首を左右に振ってかき消す。

「そうじゃなくて、なんて言うかな。旦那様があたしだけに贔屓《ひいき》するのよ」

「贔屓って、優しくされたってことですか。それなら、困ることはないじゃないですか」

胸を撫でおろした。

「それがそうでもないのよ」

志津が綺麗に整った眉を、八の字に曲げる。

「どうしてですか」

「女将《おかみ》さんの手前、困るの。まあ、子供にはわからないかもしれないけど」

志津が口元に艶《あで》やかな笑みを浮かべた。

「だから、子供じゃないって言ってるじゃないですか」

「そうだったわね。ごめんなさい」

駿は口をへの字に曲げる。どうにも、釈然としなかった。

「あのー。惣右衛門さんは、どちらにいらっしゃるのでしょうか」

割って入るように、涼が尋ねる。

「二階で床についているわ」

志津が顔色を曇らせた。

「かなり悪いんでしょうか」

「うーん。腰のほうはそれほどでもないんだけど、団子の売れ行きのほうがね……」

志津が言葉を濁す。

「団子が売れないんですか」

志津が、しなやかな曲線を描く顎を引いた。

「お爺ちゃん、すっかり元気をなくしちゃってるんだよね」

「だって、中山道一の人気の団子なんですよね。俺、健史郎先生にもらって、この店の団子を食べたけど、頰《ほ》っぺたが落ちそうになるくらい美味しかったですよ」

駿としては、納得がいかない。

「まあ、それは本人に訊いてみて」

そう言って、志津が立ちあがる。

駿は涼とともに、志津の後に続いた。


「内田様のご門弟なのかい」

惣右衛門は布団の上で半身を起こすと、深く溜息を吐いた。

小さな背中を志津が支えている。

「はい。日ノ出塾で健史郎先生の指南を受けています。それで惣右衛門さんの店を手伝うように言われてきました」

内田健史郎からの書状を惣右衛門に手渡すと、涼と駿は各々名乗って挨拶をした。

惣右衛門は乾いた指先を舌で舐めると、ゆっくりと書状を開く。が、少し目線を走らせただけで、

「ありがたいことだが、見てのとおり、碓氷屋は店を閉めているのだ。手伝ってもらう仕事はなくなってしまったよ」

すぐに二度目の溜息を吐いた。

「なんで団子を作らないんですか」

駿は思ったことを素直にぶつける。

書状を膝の上に置いた惣右衛門が、手元の盆の上にあった湯呑みを静かに取りあげ、ズズッと茶を啜《すす》った。

「どうして団子は、だんごと言うかわかるか」

無表情のまま、駿に向かって尋ねる。

「団子は団子だろう。そんなこと、考えたこともないです」

「江戸をはじめ、武蔵国や上野国など、どこの国でも団子は長いこと一串五文で売られていたのだ。一玉一文で、一串に五玉だ。それで語呂がいいから団子だ」

「五つだから、だんごって。本当なんですか」

「さあ、どうだかな」

「なんですか、それ」

思わず、涼と顔を見合わせた。

「ところが明和《めいわ》五年（一七六八）に四文銭が鋳造されると、江戸の町では一串を四玉にして、値を四文にした団子が流行《はや》るようになった」

これには涼が、身を乗り出して目を輝かせる。

「なるほど。一文銭を五枚も重ねるより、四文銭一枚のほうが、客としては払いやすいという訳ですね。五文から四文に値をさげたというより、払う銭を一枚だけで済むようにして、買い気を誘う。でも、団子は五玉から四玉になっているので、一玉一文の値は変わっていない。団子を買う客の心根をうまく突いた商いです」

涼の言葉に、惣右衛門が目を見開いた。

「涼と言ったな。大したものだ。書状には玉宮村の百姓だと書かれていたが、商いの心得があるのか」

「涼は玉宮村の神童って呼ばれているんです。健史郎先生の塾にある本は、すべて読み終えてしまっているんですよ」

涼のことを褒められたことが嬉しくなって、駿は己のことのように自慢げに話した。

「すべてなんて、言い過ぎだよ」

「だいたい、そんなもんだろう」

涼の肩を指先で突《つっ》く。

「もっとも、これは江戸だけの話だ。中山道や東海道の宿場では、今までどおりの五玉が刺さった串が五文で売られている」

惣右衛門の言葉に、駿は首を傾げた。

「おかしいな。この店の団子を健史郎先生からもらって食べたけど、一串四玉でしたよ」

「そうだ。儂は若い頃に剣を捨て、商いをするために江戸に出たのだ。湯島《ゆしま》天神の近くの茶店で団子づくりの修業をした。その店で知り合った妻の郷里である軽井沢宿で碓氷屋を開いたんだ。その妻ももう亡くなってしまったが」

惣右衛門が寂しげに目を伏せる。

「それで惣右衛門さんの団子は四玉なんですね」

「そういうことだ」

「でも、どうして店を閉めているんですか」

一生懸命に店の仕事を手伝って、ご褒美にあの美味い団子をたくさん食べさせてもらおうと思っていたのだ。当てが外れてしまった。

「店を開けたくても、団子が売れんのだ」

「あんなに美味しい団子なのに」

「そうか。内田様に土産を持たせたからな。儂の団子を食べてくれたのか」

「はい。生まれて初めて食べたってくらい、美味しい団子でした。あんまり美味しすぎて、心の臓が止まるかと思いましたよ」

「大袈裟な奴だな」

そう言いながら、惣右衛門は嬉しそうに相好を崩した。

初めて見せた笑顔だ。

「だから、売れないはずないです」

「そう言ってもらえるのは嬉しいんだが……」

「訳を教えてください」

惣右衛門の顔から、すぐに笑みが消える。

なんとも悔しげに唇を噛み締めた。

「六月ほど前のことだ。軽井沢宿の江戸見附《みつけ》（江戸側の入口）を入ったところに、新しく茶店ができたのだ」

「商売敵《がたき》ですね」

「元は蕎麦屋だった処《ところ》だ。店の主は儂よりも年寄りで、聞いた話では隠居して孫に代替わりをしたそうだ。江戸で蕎麦屋をやっていた孫がやってきて、店を継いだ途端に茶店に看板を掛け替えてしまった」

「自分も蕎麦屋だったのに、なんで蕎麦ではなく団子を売るようになったんですか」

「なぜなのかは、儂にはわからん」

惣右衛門は膝の上に置かれた拳を固く握り締めながら、すっかり白髪ばかりになった眉を吊りあげる。

「だけど、惣右衛門さんの団子は、中山道一の人気なんでしょう。そんな急《きゅうごしら》拵えの団子屋なんて、恐るるに足らずなんじゃないんですか」

「初めは儂もそう思っていた。だが、店が開いて間もなく、碓氷屋の客はすっかり持っていかれてしまったんだ」

そこで涼が口を挟む。

「そうか。歩き疲れた旅人は宿場に着いたら、まずは足を休めたり腹拵えのできる店を探すんだ。江戸見附を入ってすぐに、碓氷屋と同じ団子を売る茶店ができてしまったら、腹を空かせた旅人は、みんなそっちへ行ってしまいますね。地の利というやつです」

「おい。感心している場合じゃないぞ。それじゃ、碓氷屋の団子が売れないじゃないか」

仕事がなければ、褒美の団子も食べられない。

「でも、神社の夏祭りのときだって、山門に近い屋台見世のほうが客の気を引きやすいだろう」

「それはそうだけど……」

玉宮村の夏祭りの様子が脳裏をよぎった。涼の言うとおりだ。

「そもそも地の利があるところに客を奪われてしまうのは、商いでは仕方がないことなんだよね」

「なんだよ。仕方ないって。薄情なことを言うなよ。涼なら何か良い手を思いつくんじやないのか」

「そんなことを急に言われても、いくら書物では読んでいても、実のところ商いなんてしたことがないんだから、俺だってどうしていいのかわからないよ」

涼が済まなそうに目を伏せた。

「このままじゃ、店をやっていけないじゃないか」

駿の言葉を聞いた惣右衛門が、背中を丸めるようにして小さな肩を落とした。

「わかっているさ。今は思いつかないけど、何か打つ手を考えるよ」

「どうするんだ」

「そうだね。まずはその店に行ってみないか」

涼が口元を引き締める。

「なるほど。敵陣に乗り込むって訳か。いっちょ、暴れてやるのか」

「違うよ。様子を観《み》に行くだけさ」

「そうなのか」

「当たり前だろう。大人しく団子を食べに行くだけだからね」

「団子を食べるって、俺たちにそんな銭はないぞ」

「あるよ」

初めは涼の言っていることがわからなかった。

「あっ。そうか」

ひらめいた。駿は懐から巾着を取り出し、紐を解く。一朱銀を手のひらに載せた。

これだけあれば、いくらでも団子が買える。

「惣右衛門さん。その悪どい店は、いったいなんていう店なんですか」

「さんもん屋だ」

思わず、涼と顔を見合わせてしまった。

「ちょっと待てよ。さんもん屋って……」

目を見開く駿に、

「ああ。恐らく、十郎太さんの店だね」

涼も眉根を寄せた。

さて、どうしたものか。

駿には、訳がわからなかった。

四

「これって……」

思わず絶句してしまった。

駿の隣では、涼も同じように呆然と立ち尽くしている。

「これじゃ、客は根こそぎ取られてしまうよ」

店の前には、「一串三文　三文屋」と大きく染め抜かれた十流れほどののぼり旗が、勢いよく風にはためいていた。

旅人が中山道を歩いてきて、軽井沢宿の江戸見附に入った途端に、ずらりと並んだのぼり旗が、否応《いやおう》にも目に飛び込んでくるはずだ。

さながら戦国の世の城のようだ。圧倒される。

「さんもん屋って、三文ってことだったのか」

江戸見附前にある店なので、てっきり山門なのかと勝手に勘違いしていた。

「もう、本当に腹が立つわね」

志津が三文屋の店の前で仁王立ちになり、美しい顔をきつく強張らせて、のぼり旗を睨めつけている。

「なんで、お志津さんまで一緒に来たんですか」

駿の言葉にも、

「だって、悔しいじゃない。お爺ちゃんから客を奪った団子屋がどんな味なのか、自分の舌で確かめたかったのよ」

志津は険しい顔を崩さない。

「お志津さんこそ、騒ぎを起こさないでくださいね」

涼が不安そうな顔を向けた。

「約束はできないわね」

今にも飛びかからんばかりの猛犬のように、志津が鼻息荒く、言い放つ。手を出せば、噛みついてきそうだ。

「勘弁してくださいよ」

「さあ、行くわよ」

志津が先陣を切る武将さながら、厳めしい顔のまま、三文屋に乗り込んでいった。

駿も涼とともに慌てて後を追う。

店の前に並んだ縁台に、三人並んで腰を降ろした。

「いらっしゃいませ」

鼻から抜けたような、甘く甲高い声が響く。

すぐさま、年の頃は十六、七の茶くみ娘が注文を訊きに来た。

網目文様の小袖に椿《つばき》柄の前掛けをして、髷《まげ》は姉さんかむりの手ぬぐいで覆われている。ゆったりと着付けた襟元からは雪白の胸元がわずかに覗き、はち切れんばかりに若さが溢れている。

少し崩れた笑顔がかえって艶《なま》めかしくて、糸を引くような器量好しときている。

いわゆる看板娘というやつだ。

「ど、どうも……」

食べ物を売る店に入ったのは、駿も涼も生まれて初めてのことだ。ましてや茶店など、どうにも勝手がわからない。

茶くみ娘に声をかけられただけで、すっかり気持ちが舞いあがってしまった。

「お初《はつ》さんですね」

茶くみ娘が駿に微笑みかける。

「えっ」

「ご贔屓にしてくださいね」

旅装ではない若い男女三人連れだ。軽井沢宿で働く奉公人だと思われたのだろう。ならば、今後も贔屓客になってもらいたい。しっかりと良くできた客あしらいである。

「は、はい」

思わず背筋が伸び、声が裏返った。

「うほんっ」

咎めるように、志津が大きく咳払いをした。

「何をお出しいたしますか」

「えーと」

茶くみ娘の円《つぶ》らな瞳が、じっと駿を捉える。冷や汗が額に滲んだ。

「お団子を三本ください……」

志津が声を尖らせる。

「……あとね、お土産にしたいから、もう二本を包んでちょうだい」

「お食べになるのが三本、お持ち帰りが二本で、お団子が都合五本ですね。お飲み物はどうされますか」

「何があるの」

「お茶でよろしければ、お団子にお付けできます。冷や水でしたら、別に一文になります」

冷や水は、汲んだ清水に砂糖と白玉を入れた飲み物だ。江戸の町では夏の涼を取るために、棒手振りから買って飲む人が多いと志津が教えてくれた。

「お茶なら銭はいらないのね」

「はい」

「なら、三人ともお茶でいいわ」

「ありがとうございーい」

志津の剣幕から逃げるように、茶くみ娘は早々に店の奥に引っ込んだ。

「お志津さん、怒ってますか」

思わず訊いてしまった駿を、隣の涼が目で窘《たしな》める。が、もう手遅れだ。

「怒ってなんかないわよ」

恐らく怒っている。

「い、いや、その……」

「だいたい、ちょっと江戸で蕎麦屋をやってたからって、それがいったいなんなのよ。ここは江戸じゃないんですからね。田舎の宿場であんな派手な格好の女に団子を運ばせるなんて、いやらしいったらありゃしない。なあに、あんたたちも鼻の下を伸ばしちゃって。ああいう子がいいの。今からそんなんじゃ、ろくな大人にならないわよ」

真夏の夕立のごとく、まくし立てた。

まちがいなく怒っている。

「俺たちは別に何も言ってないですよ」

涼が慌てて異を唱えた。

「あたしだってね、値の張る着物さえ着れば、捨てたもんじゃないのよ。江戸にいたときには、深川小町なんて言われて、奉公していたお店には若い殿方の馴染み客だって、掃いて捨てるほど来ていたんだから」

「それはすごいですね」

「あっ。その顔は信じてないわね」

「信じてます。信じているに決まっているじゃないですか」

涼の笑顔が引きつっていた。

駿は肩を小刻みに震わせながら、下を向いて笑いを堪える。こんなに焦った顔の涼を初めて見た。

学問でも剣術でも誰よりも秀でている涼にも、苦手なものがあったようだ。

「駿。あんた、何を笑っているのよ。あたしが気づいてないとでも思っているの」

「笑ってなんていません」

いきなり名前を呼ばれて、咄嗟に背筋が伸びた。

「決めたわ。あたしが碓氷屋で茶くみ娘をやってあげる」

「ええっ！」

駿と涼は知る由もないが、一人身の男が多い江戸の町では、水茶屋の茶くみ娘はたいそうな人気になっているのだ。文字通り、看板娘である。

評判を呼んだ茶くみ娘は、錦絵が売り出されるほどだった。

もっとも茶くみ娘といえば、十代の娘がやるものと相場がきまっている。三十路《みそじ》前の中年増はなかなか珍しい。

「あたしがあの子みたいに胸元と脚をちょっと出して見せれば、奪われたお客なんて、すぐに取り返せるんだから」

「たぶん、そういうことではないと思いますよ」

涼の言葉に、志津がすぐさま眉根を吊りあげた。

「あたしじゃ力不足だって言うの」

「いえ、そういうことではなくて――」

「なら、どういうことよ」

「これを見てください」

いつの間にやら、お盆に載った団子の皿とお茶が、縁台に置かれていた。志津の剣幕に気を取られていたが、茶くみ娘が運んできたようだ。

「お団子が来たからって、なんなのよ」

「まずは食べてみましょう」

そう言って、涼が団子の串を手に取った。

一串に団子が四玉。江戸風の団子だ。見た目は惣右衛門が作る碓氷屋の団子と変わらない。

と、思いきや、

「あっ。これって――」

駿は二毛作で米と麦を作ってきた百姓だ。たとえ焼いてあろうと、米と麦の違いを見《み》紛《まが》うことはない。

「まあ、食べてみようよ」

涼が一玉を口に入れた。

駿も頷くと、団子の串に手を伸ばす。一玉を串から齧り取った。

味わうように嚙み締める。

「なんだ、これ」

思ったとおりだ。駿が驚きの声をあげると、涼も目線を送ってきた。

「やっぱり、そうだよね」

その様子を見ていた志津も、慌てて団子にむしゃぶりつく。すぐに顔つきが変わった。

「何よ、これ。丸っきり違うじゃない」

志津は腹立たしげに眉尻をあげる。

「お志津さんにもわかりましたか」

「当たり前でしょう。あたしが幼い頃から、いったいどれだけ碓氷屋のお団子を食べてきたと思っているのよ。これ、美味しくない。お爺ちゃんが作ったお団子みたいに、甘いお米の味がしない」

「そうなんですよ。俺と駿は百姓だから、すぐにわかりました。これ、甘みも口当たりも紛い物です。芋で嵩《かさ》を増して、小麦で柔らかさを出しているんです」

「お米を減らすことで、お団子の値をさげていたのね。だから三文なんて安値で売ることができたんだ。お客を欺しているのと同じじゃないの」

「たしかに団子は米だけで作ったほうが美味しいですが、芋や小麦を混ぜちゃいけないなんて決まりはないんです。そういう団子があっても悪い訳ではないから、欺したことにはなりませんよ」

「だって、お爺ちゃんはそんなことはしないわ」

「それは惣右衛門さんがこだわっているからです。どんな団子を作るかは、店が好きにして良いことです」

「それはそうかもしれないけど……」

いくら涼に道理を説かれても、志津はどうにも得心がいかない様子だ。

「とにかく、これを持ち帰って惣右衛門さんにも食べてもらいましょう。どうするかは、それからみんなで知恵を絞ればいい」

「わかったわ」

志津は勢いよく立ちあがると、竹皮に包まれた土産の団子を手に取った。

「こりゃあ、良くねえな」

布団の上で半身を起こしていた惣右衛門が、三文屋の団子をひとつ食べるなり、眉間に深く皺を寄せた。

「やっぱり紛い物ですよね」

駿は惣右衛門の顔を覗き込む。

「江戸ならともかく、宿場の茶店が出すような団子は、どこだって値の安い米を打って作っているもんだ。一見《いちげん》の旅の客が多いのだから、それは仕方のないことだ。だが、こいつはもっと酷い。小粒だったり欠けていたり、売値がつきにくいような屑米《くずまい》を使っている。そこに芋と麦で嵩を増してやがる」

「屑米は味が落ちるんですね」

「米粒が不揃いだったり欠けていたりすると、米がうまく炊きあがらねえんだ」

惣右衛門が吐き捨てるように言った。

「お爺ちゃんのお団子とは、お月様と泥亀《すっぽん》ほども違うわね」

志津も、いきり立つ。

「当たり前だ。儂は年貢で納めても恥ずかしくないような形も味も良い米だけを使って団子を打っている」

「たかが団子なのに」

言ってしまってから、駿は慌てて口元を手で押さえた。が、一度出た言葉は、もはや引っ込めることはできない。

ジロリと惣右衛門に睨まれた。

「駿の言うとおりだ。たかが団子だ。だが、儂は精魂込めて団子を作っている。百姓が一生懸命に米を作るのと、なんら変わることはない」

「ごめんなさい」

素直に詫びる。惣右衛門は、すぐに顔の強張りを解いた。

「旅はな、ほとんどの人にとって一生に一度のことだ。疲れた躰を儂が作った団子で癒やしてもらって、良い旅をしてもらいたいじゃないか。団子屋にだって、矜持《きょうじ》ってもんがあるんだ」

惣右衛門が、布団の上で背筋を伸ばす。

「それで中山道一の評判になったんですね」

今まで黙っていた涼がポンッと膝を打った。

惣右衛門が頷く。照れたように頰を揺らした。

「とびきりの良い米で作った団子だ。四文でも儲《もう》けはわずかなものなんだ。三文では足が出ちまう」

「たしかに、そんなに良い米を使っていたら、三文では商いになりませんね」

涼は首肯しているが、駿には腑に落ちない。

「だけど、あっちは一串三文で売ってるんだぞ。しかも、綺麗な茶くみ娘もいるし。こっちだって三文にしなくちゃ勝てないじゃないか」

志津が睨んでくる。

「茶くみ娘なら、あたしがやるから大丈夫よ。これでも江戸にいたときには、深川小町なんて言われ――」

「それは兎も角として、やっぱり一串が四文では太刀打《たちう》ちできないよ」

駿の言葉に、一同が顔を強張らせた。

「だが、三文にはできねえ」

惣右衛門が腕組みをして、唸《うな》るように言う。

「実はひとつ、思いついた手があります」

涼がみんなの顔を順に見ながら言った。

「やっぱり、玉宮村の神童は頼りになるな」

これを待っていたのだ。

「本当にうまくいくのか、正直に言えば、よくわからないんです。商いなんて、手習い所にあった書物でしか知らないんだから」

涼が言葉を選ぶ。

が、こういうときの涼は、本当は自分の考えに自信があるのだ。声の響きでわかる。

「涼の思いついたことなら、まちがいなくうまくいくさ」

駿の言葉に、涼が目で頷く。

「団子は、江戸では四玉四文で、中山道や東海道の宿場では五玉五文なんですよね」

涼が尋ねると、

「ああそうだ。うちの店では江戸風に四玉四文で売っている」

惣右衛門が答えた。

寝床が敷かれている二階のこの部屋だけは、床に畳が敷き詰められていた。

涼が畳の上に、四枚の白い碁石を並べた。団子のつもりだろう。囲碁が好きな惣右衛門から借りたものだ。

「中山道の宿場では、どこでも五玉五文のところ、三文屋は三文で安売りしています」

「だって、それは四玉なんだし」

「たしかに五玉より一玉少ない四玉とはいえ、一串五文を見慣れている旅人には、三文はすごく安値に思えるよね」

今度は、黒の碁石を四枚並べた。

「だから、三文屋の団子は飛ぶように売れるんだろうな」

まったく狡い手を考えたものだ。

「惣右衛門さん。お客さんって一人につき、団子を何本くらい買うものなんですか」

涼が尋ねた。

「そりゃあ、人に拠《よ》りけりだな」

「もちろん、そうだとは思うんですが、主だったところでいいんです」

「旅籠の奉公人たちが御八《おやつ》に買いに来るなら、一人につき二串というところだし、腹を空かした旅の御方が昼餉に食べるときは、四、五串くらいペロリというもんだ。まあ、だいたい旅人なら、一人につき三串というところだろうな」

「やっぱり、そうですか。一番多く売れる本数が、三串なんですね」

涼が満足そうに口角をあげる。

「そんなところだ」

「碓氷屋の団子は三文屋よりも美味しいですよね」

「当たり前だ。物が違う」

惣右衛門が胸を張った。

「でしたら、三文屋が安値で奪った評判さえ取り戻せれば、お客さんは戻ってくると思うんです」

駿は首を傾げ、

「だけど三文屋は江戸見附の真ん前に店があったぞ。それに茶くみ娘もいるし」

口を挟む。

「だから、あたしが茶くみ娘をやるって言ってるでしょう」

どうやら志津は本気のようだ。

「茶くみ娘はお志津さんにお願いするとして、やはり売値に手をつけなければ、評判は取り戻せないでしょうね」

涼が惣右衛門に向き直る。

「三文は無理だぞ。団子の味を落とすこともできん」

「もちろん、評判を取り戻すには、味を落とすことはできません。中山道一の美味しい団子をお客さんに味わってもらうことが大切ですから」

「味にこだわれば、安値はなおさら無理だ」

「団子が二串や三串では、安値は無理だと思いますが、もしも四串売れたらどうでしょうか」

惣右衛門の表情が変わった。

「四串も売れれば、少しは値をさげることもできるが、言うほど容易いものではない。ほとんどの客が、二串か三串しか買わないんだからな」

「ですから、三串を買ってくれたお客さんには、四串目はお代をいただかないことにするのです。四串目代無しです」

「なんだって！」

惣右衛門が魂消《たまげ》た表情で声を引っくり返らせる。

「四串を売るのは難しいかもしれませんが、三串ならできるのでしょう。しかも、一串の売値は四文のままです」

涼は畳の上に、碁石を並べはじめた。

白い碁石を縦に四個置いて、それを四列作る。同じように黒い碁石も、縦に四個置いて、それを四列にした。

「三文屋の団子は一串三文ですから、四串なら十二文になります。だから碓氷屋では、一串四文の団子を三串で十二文で売り、一串を御代なしで付けます。一串は四玉ですから、どちらの店も十六玉で十二文は同じです」

「同じ売値では、お客は取り戻せないんじゃないの」

志津が不安そうに言う。

「十六玉で十二文は同じですが、碓氷屋の団子は一串四文で、三文屋の団子は一串三文です。元値が高い物が安く手に入るのと、初めから安い物では、お客は自《おの》ずと高値の物を買うそうです。それで食べてさえもらえれば、味は比べものにならないくらい碓氷屋のほうが美味しいんですから、評判はすぐに取り戻せると思います」

「そうなったら、四串目の代無しはやめちゃえばいいのね」

「はい。一度でも三文に値をさげたら、もう、あげることは難しいですが、元々四文なのだから、代無しをやめることならいつでもできます」

「涼ったら、なんてすごいの！」

「いや、前に読んだ偉いお坊さんが記した書物に、同じような話が書いてあったのを思い出しただけですよ」

「それだって、すごいことよ」

志津に褒められて、涼が頬を赤らめた。

「惣右衛門さん。涼の言ったことをやってみませんか」

駿は惣右衛門に膝で躙《にじ》り寄る。

「うむ。なんだか、おもしろそうだな。儂もそろそろ団子が作りたくて、うずうずしていたところだ」

「そうよ、お爺ちゃん。いつまでも寝込んでないで、美味しいお団子を作ってね。あたしが茶くみ娘になって、たくさん売ってあげるから」

「ええっ。本当にやるつもりなんですか」

駿は目を丸くした。

「ちょっと、あたしじゃ不満だとでも言うのかしら」

志津が涼の耳朶《みみたぶ》を思いきり引っ張る。

「痛い。痛いってば」

それを見て、惣右衛門が腹を抱えて笑った。

五

藍染めののぼり旗が、往来を抜ける涼風で静かに揺れ動く。

のぼり旗には、「四串目代無し　碓氷屋」と染め抜かれている。

碓氷屋の店先だけでなく、右隣にある志津の親が営む土産物屋と左隣の甘酒屋の前にも、たくさんの「四串目代無し　碓氷屋」がはためいていた。

よく見れば、それだけではない。向かいの大きな旅籠屋の前にも、「四串目代無し　碓氷屋」ののぼり旗が立ち並んでいた。

都合で三十流れを超える。さながら相撲か芝居の興行でもあるかのようだ。これだけ並んでいて、目につかぬはずがない。

「よく許しが出ましたね」

涼も眩しそうに目を細めた。

「そこの旅籠屋の若旦那は、幼いころにあたしが子守をしてあげていたのよ」

「それで助けてくれたって訳ですか」

「初めはちょっと渋っていたけど、あたしの背中で寝小便をしたことを宿場中に言いふらすわよって耳打ちしたら、快く許してくれたわ」

「快くですか……」

駿は思わずつぶやいた。

若旦那には心から同情するが、これも碓氷屋のためなら致し方ない。

「さあ、たくさん売るわよ」

志津が威勢良く声をあげた。

「張り切りすぎじゃないですか」

「当たり前でしょう。看板娘の腕の見せ所なんだから」

駿は志津の姿を見て、目のやり場に困った。

志津は小袖の裾を扱《しご》き帯で手繰って端折っているため、紅色の湯文字《ゆもじ》からは抜けるように白い素足が艶めかしく覗いている。

「見せているのは腕ではないですよね」

「あら、駿は脚より腕のほうが見たいの」

「な、何を言ってるんですか。そもそも娘って――」

「何よ。言いたいことがあるなら、はっきりと言いなさい」

「いえ。なんでもありません。当てにしています」

「そうでしょう。初めからそう言えばいいのよ。まったく素直じゃないんだから」

「はい」

駿は苦笑した。

志津は帯紐で襷をかけて二の腕までも露《あら》わにすると、土間の竈《かまど》に湯を沸かしに行く。

「お志津さん、意気込みがすごいね」

惣右衛門の団子づくりを手伝っていた涼が、店先で縁台の支度をしていた駿のところへやってきた。

「もう、やりすぎだよ」

「お志津さんらしいよね」

「よっぽど、惣右衛門さんの団子が好きなんだな」

「そうだね。でも、団子だけじゃなくて、惣右衛門さんのこともね」

これには駿も首肯する。

「お爺ちゃん、お爺ちゃんって、いつも心配しているからな」

「良い人たちだね」

「ああ。本当にそうだな」

「だからこそ、団子をいっぱい売りたいよね」

「ああ。売って売って売りまくって、それで褒美にたくさん食べさせてもらうぞ」

「なんだ。やっぱり駿は食い意地が張ってるなぁ」

「とにかく、頑張って売るぞ！」

二人の視線の先には、藍染めののぼり旗が風に靡《なび》いていた。


四串目代無しの商いをはじめてから、一月がすぎた。

涼の目論見《もくろみ》は見事に大当たりとなった。

三文屋の大安売りにより離れていた客足は、前にも増して碓氷屋に戻ってきた。

「ねえ姐《ねえ》さん、団子を四本くれ。四本目は代無しなんだよな」

「はい。代無しでございます」

「こっちも四串だ」

「はーい。ありがとうございまーい」

「姐さん。俺も四串だ」

縁台に、旅装束をした商人風の二人連れの男が座っていた。

「なんて美味い団子だ。こりゃ、旅の疲れも吹っ飛んじまうな。おまけに四文も得だっていうんだから、この店で食わねえ道理はないぜ」

「おうよ。商人仲間に教えてやろう。みんな、喜ぶぞ」

碓氷屋の団子を食べた客は、十二文で四串ではなく、四串で十六文のところ四文の得をしたと思うようだ。

まさに、涼の思惑通りだった。

志津を筆頭に、目がまわるほどの忙しさに追われる。

惣右衛門も腰の痛みなど忘れたように、気を張って団子を打っていた。

そもそも惣右衛門の作る団子は、誰もが認めるほどに美味いのだ。

評判さえ戻れば、もう案ずることはない。

この頃では二串を頼む客も増えていた。

四串目代無しに引かれてではなく、碓氷屋の団子の味を目当てに来る客が戻ってきているのだ。

おそらくは安値に釣られて三文屋の団子を食べていたが、やはり碓氷屋の味が忘れられなくて戻ってきた宿場の奉公人たちであろう。

この分ならば、思惑よりもだいぶ早めに、四串目代無しをやめることができるかもしれなかった。

惣右衛門が真心を込めて作った団子が、たくさんの人たちを幸せにしている。

「きれいな姐さん。こっちも四串だ」

「やだぁ。今日のお客さんは正直者ばかりだね」

志津が上機嫌で団子を運ぶ。

——団子屋が売るものは、団子ではない。

駿は、涼の言葉を思い出した。

「みんな、幸せそうだな」

お客も店で働く者も、誰もが微笑んでいる。

「こらっ、駿。手が休んでるよ。そっちの空いたお皿をおさげして」

志津の溌剌《はつらつ》とした声が響きわたった。

客が食べ終えた団子の串が、無造作に二本置かれた皿を片付けていると、惣右衛門の団子作りの手伝いを終えた涼が話しかけてきた。

「駿。行くんだろう」

「ああ。行く」

駿は迷わず答える。

「駿なら、そうすると思った。銭は貯《た》まったのかい」

「惣右衛門さんから駄賃をもらったからな」

駿と涼は、そろそろ碓氷屋の手伝いを終え、玉宮村に帰ることを考えはじめている。

惣右衛門の腰は、気遣いがいらないほどに回復していた。

店の商いも、客足が途切れることのないほどに賑わいを取り戻していて、駿たちがいても人手が足りないほどではあるが、いつまでも手伝いを続ける訳にもいかない。

健史郎との約束の期限は、疾《と》うの昔にすぎていた。

村の畑仕事にも、人手が必要な季節がやってくる。

すっかり病も癒えて元気になっていたが、やはり母の千代のことが気になっている様子の涼に、駿は気づいていた。

だが、玉宮村に帰る前に、どうしてもやっておかなければならないことがあった。

「返しに行くんだね」

「そのつもりだ。十郎太さんが三文屋の主だとわかったからには、やっぱり、あの銭は受け取れないからな」

「駿らしいね」

涼が嬉しそうに頬を揺らす。

十郎太にもらった一朱銀は、三人で三文屋で団子を食べたときに、十五文を使ったので減ってしまっていた。

が、碓氷屋の客が大入りとなった日に、惣右衛門が駄賃をくれたのだ。

大入りの度に、四文銭を一枚。

すでに十枚を超えていた。

その日、客が引いた頃合いを見計らって、駿は涼と共に碓氷屋を出た。

向かった先は三文屋である。

三文屋ののぼり旗が見えてきた頃、

「ちょっと、あたしも連れて行ってよ」

背後から声をかけられた。

「お志津さん。どうしたんですか」

「どうしたんですか、じゃないわよ。あたしを置いて、二人でこそこそ出掛けるなんて、狡いじゃないの」

「べ、別に、こそこそなんてしてませんよ」

そうは言ったものの、顔には明らかに動じる色が滲んでいるに違いない。

「じゃあ、どこへ行くの」

「三文屋なんて行きませんよ。あっ……」

両手で口元を押さえたが、もう取り返しがつかない。

隣で涼が頭を抱えていた。

「やっぱりね。あたしも一緒に行くわ」

「店番はどうしたんですか。惣右衛門さんが一人になっちゃいますよ」

「父様に頼んできたから大丈夫。どうせ、うちの土産物屋なんて、いつも暇を持て余しているんだから」

「わかりましたよ」

こうなっては致し方ない。三人で行くことにする。

「あたしもね。三文屋の主には、言ってやりたいことが山ほどあったのよ」

「別に文句を言いに行く訳ではないですから」

「どうしてよ。遠慮なんてしないで、はっきり言ってやればいいのよ。紛い物の団子を三文で安売りして、碓氷屋の客を獲《と》ったんだから。どうせ、腹黒い狸親父《たぬきおやじ》に決まってる。禿《は》げてて布袋《ほてい》さんみたいな太鼓腹なんでしょう。あたしに言い寄ってきた奉公先の旦那が、まさにそんな男だったわ。ああ、思い出しただけで虫唾《むしず》が走る」

志津は本当に寒気がしたのか、両手で躰を擦った。

「三文屋の主は、禿げの狸親父ではないと思いますけど」

「だったら姑息《こそく》な狐《きつね》親父ね。こーんな目をしてるんじゃないの」

志津が両の人差し指で目尻を引っ張って、狐のように目を細めた。

涼と顔を見合わせて、思わず笑ってしまう。

「とにかく、お志津さんは余計な口出しをしないでください」

しっかりと釘を刺しておいた。

「涼ならともかく、駿には言われたくないな」

「それって、どういうことですか」

「あんたが一番余計なことを言いそうだってこと」

「俺は何も……」

図星だった。言い返せない。

涼が肩を揺らしている。

程なくして、三文屋に着いた。

前に来たときのような活気はない。店には一人の客もいなかった。

風に揺れる「一串三文　三文屋」と染め抜かれたのぼり旗も、心なしか寂しげに見える。

「いらっしゃいませ」

それでも茶くみ娘は、笑顔で迎えてくれた。

「十郎太さんはいらっしゃいますか」

「若旦那様ですか……」

三人が客ではないとわかって、茶くみ娘の表情がかすかに曇る。

店が流行っていないことは明らかだ。

碓氷屋が大評判となっているのだから、当たり前といえば当たり前だろう。

いくら軽井沢宿が大きな宿場といえども、繁盛する茶店がふたつは並び立たない。

「……呼んできますので、お待ちください」

志津はともかく、駿や涼はまだ齢十三と若いし、身なりを見ても貧しさを隠しきれない。にもかかわらず、茶くみ娘の態度には、少しもそれを軽んじるようなところは感じられなかった。

前に来たときも思ったことだが、店の感じは悪くない。

──奉公人の客あしらいを見れば、店主の器量はわかる。

涼が教えてくれたことだ。

「何よ。旅籠屋や商家じゃあるまいし、宿場の茶店の主を若旦那なんて呼ばせて、恥ずかしくないのかしら。どれだけ厚かましいのよ。早く顔を拝みたいものだわ」

若くて気立ての良い茶くみ娘が気に入らないのか、志津だけは鼻息を荒くしている。

「お志津さん。気を落ち着けてください」

涼が志津をなだめているが、聞く耳を持つような志津ではない。

そうこうしているうちに、茶くみ娘が戻ってきた。

「只今、若旦那様がお見えになります」

「さあ、いよいよ黒幕のお出ましね。どんな悪人面が現れるのかしら。温《ぬる》い言い訳なんぞしようものなら、あたしが只じゃおかないんだから」

志津が腕まくりをして身構える。

十郎太が姿を見せた。

「ああ、誰かと思えば、駿さんと涼さんだったんですね。ようやっと来てくれたんですか。ずっと待っていたんですよ。迂闊にも、どちらにお泊まりかも訊いておかなかったので、こちらから訪ねることも叶《かな》わず、もう会えないのではないかと、ずっと気を揉んでいたんです」

抱きつかんばかりに足袋《たび》のまま土間に駆けおりると、駿と涼の手を取って、喜びを露わにする。

「気にはなっていたんですけど」

「遠慮なく、いつでも来てくれれば良かったのに。駿さんに受けた御恩には、本当に感謝しているんです。もしもあのとき、駿さんが仕入れの金を取り返してくれなかったら、今ごろは首をくくるか、さもなければ夜逃げをしていたかもしれません。三文屋があるのも、駿さんのおかげです」

十郎太は、人懐っこい笑みを崩すことなく、嬉しそうに何度も頷いた。

志津が不思議そうな顔をしているが、事情は後で話すことにする。

「実は一度だけ、こちらのお店に団子を食べに来たことがあったんです」

黙っていても、いずれ茶くみ娘の口から知れることになるだろう。正直に話すことにした。

「そうだったんですか。なんだ、声をかけてほしかったな。もっとも前は今と違って、もう少し忙しかったから仕方ないですね」

十郎太の表情に、暗い影が走る。

それまで惚《ほう》けたような顔で見ていた志津が、急に駿の手を摑むと、自分のほうに引き寄せた。

「ちょっと。この人が三文屋の若旦那様なの？」

駿の耳元で声をひそめて尋ねる。

「ええ。十郎太さんです」

「聞いてないわ。どこが狸親父なのよ」

「だから、違うって言ったじゃないですか」

勝手に勘違いをしたのは志津のほうだ。

「こちらの方は？」

十郎太が駿に尋ねる。

「俺たちが手伝っている店で――」

駿の言葉を遮るように、

「伊勢屋《いせや》の志津と申します。駿さんと涼さんとは、親しくさせていただいています」

今まで聞いたこともないような優しげな声で、志津が挨拶をした。

「伊勢屋さんって、土産物屋さんですよね」

十郎太が志津に尋ねる。

「はい。父様や母様と店に出ています」

先ほどまでの勢いが嘘のように、しおらしく微笑み返した。

「駿さんと涼さんは、わたしにとって命の恩人なんです」

「まあ、そうなんですか。あたしもこの二人は本当に良い子だって、いつも思っていたんです」

「本当にそうですよね」

「ええ。弟のように、かわいがっているんです」

どうにも、聞いていられない。

「十郎太さん。実は話があって来ました」

駿は用向きを切り出した。

「これは気がつきませんで、失礼しました。みなさん。どうぞ、あがってください。何もおもてなしはできませんが、爺様も喜びます」

そう言って、十郎太が店の奥座敷に招こうとする。

「そうじゃないんです」

駿は表情を引き締めた。

「どうしたんですか。そんな怖い顔をして」

「これを返しに来ました」

一朱銀を手のひらに載せて差し出す。

「やめてくださいよ。あれは感謝の気持ちだって言ったじゃないですか」

十郎太が困ったように、頬を引きつらせた。

「だから、返しに来たんです」

「どういうことですか」

「俺たち三人は、碓氷屋の仕事を手伝っています」

「碓氷屋って……」

十郎太が驚きに目を見開く。

「三文屋が団子を安売りしたせいで、ずっと店を閉めていた茶店です」

「まさか……、そんな……」

みるみるうちに、顔が青ざめていった。

「俺も驚きました」

「こんな巡り合わせがあるんですね」

十郎太が観念したように、唇を嚙み締める。

「碓氷屋の惣右衛門さんは、選び抜いた良い米で、心を込めて団子を作っていたんです。あんな美味いものは、俺、初めて食べました。中山道一の美味い団子です。それなのに江戸見附の前にできた茶店が、一串三文で団子の安売りをはじめた。それも屑米に芋と小麦で嵩を増した紛い物の団子です。客を獲られた惣右衛門さんは、すっかりやる気をなくしてしまって、店を閉めて寝込んでしまったんです」

「そんな……」

十郎太が口元を手で覆った。

「惣右衛門さんにとって、団子を売るということは、とても大事なことだったんです」

「知りませんでした」

十郎太が目を伏せる。帯の前で組まれた手の指が、かすかに震えていた。

「俺たち三人で惣右衛門さんを助けて、碓氷屋を立て直したんです」

「そうだったんですか」

「だから、この銭はもらえません」

「どうりで、近頃、うちの店は客足がさっぱりでした。小麦の割をさらに増やして一串二文で売るか、それとも諦めて店を畳むか、頭を抱えていたところだったんです」

「この上、さらに小麦を増やすって、そんなことをすれば、ますますお客さんを裏切ることになるじゃないですか。一度目は売れても、そのお客さんは、二度と食べには来てくれませんよ」

涼のように、商いについて難しい書物を読んだことはなかった。それでも商いにとって大切なことはなんなのか、駿なりに、碓氷屋の手伝いをして学んだつもりだ。

「軽井沢宿に来るとき、涼が俺に教えてくれたんです。団子屋が売るのは、団子じゃないって」

「じゃあ、何を売るんですか」

十郎太が眉根を寄せる。

「団子屋が売るのは、幸せです……」

駿の言葉に、十郎太が弾かれたように顔をあげた。

「……美味しい団子を食べることで、旅籠で忙しく働いている人たちは、ひとときの息抜きになるし、長旅で疲れている旅人なら、足を休めたり、躰の疲れを癒やすことができます。目当ては団子を食べることではなくて、その先にある幸せなんです」

涼から教わったことではあったが、碓氷屋で働いてきた今では、自分の言葉として伝えることができる。

「売るのは団子ではない……」

十郎太が打ちのめされたように、顔を引きつらせた。

「惣右衛門さんは、お客様のために心を込めて団子を作っているんです」

「団子を食べたお客さんが、心から美味しいと思えなければ、幸せにはなれませんね」

「俺が、たかが団子って言ってしまったことがあるんです。そうしたら、惣右衛門さんは言ったんです。精魂込めて団子を作っている。百姓が一生懸命に米を作るのと、なんら変わることはないって」

「そんなことがあったんですか」

「俺、後ですごく悔やみました」

「わたしが作る団子は、誰も幸せにはできませんね」

十郎太が深く項垂《うなだ》れた。鬢《びん》の解れ髪《ほつがみ》が震えている。

「生意気なことを言って、すみません」

「いいえ。駿さんのおかげで諦めがつきました。わたしが間違っていたんです。三文屋は畳むことにしますよ。本当なら、仕入れ金の一両を盗られたときに、店を閉めていたはずなんです。駿さんたちのおかげで、それがしばらく延びたんですから、感謝しなきゃいけないですね」

申し訳ないことだが、碓氷屋のためにも、その方がいいだろう。

駿たちが、十郎太にしてやれることはない。

「十郎太さん。どうして、三文なんて安売りをはじめたんですか」

涼が尋ねた。

「爺様が倒れたんです」

ふーっと、十郎太が深く息を吐いた。

「えっ、本当ですか」

「一年ほど前のことです。爺様は卒中風《そっちゅうぶ》で倒れてしまい、幸いに命は取り留めたものの、右半身が麻痺《まひ》して、寝たきりの暮らしになってしまいました。もう、蕎麦を打つことも叶いません。わたしは江戸の蕎麦屋で奉公をしていましたが、修業を諦めて帰ってくることにしました。流行病で二親を早くに亡くしたわたしにとって、爺様は只一人の大切な身内です。放ってはおけません」

「でも、どうして茶店に」

「寝たきりの爺様の面倒を見ながら蕎麦屋をやる訳にもいかず、団子を出す茶店ならなんとかなるかと思ったのですが、やってみると思うようには儲けが出ませんでした。爺様にかかる唐薬《とうやく》は、とても値が高いのです。爺様には一日でも長生きしてもらいたいのですが、薬代を工面することができなくなって、それで思いあまって……」

「一串三文を思いついたって訳ですね」

「申し訳ありません」

涼に向かって、十郎太が頭をさげる。

「三文屋を閉めて、これから十郎太さんと爺様はどうするんですか……」

駿の問いかけに、十郎太はただ首を横に振るだけだ。

「……まさか、首をくくるつもりじゃないですよね」

「そうならないように、精一杯働くつもりですが……」

どうにも歯切れが悪い。

そのとき涼が、

「そうだ。惣右衛門さんに団子の作り方を習えばいいんです。美味しい団子を作れば、三文屋を閉めなくてよくなります」

幾度も頷きながら言った。

「どういうことよ」

志津が驚きの声をあげた。

「俺と駿は、そろそろ玉宮村に帰らなくちゃいけないけど、そうなると碓氷屋は人手が足りなくなるよね。店は大繁盛しているから、このままだと惣右衛門さんは腰が治ったばかりなのに、躰に無理をして団子を作ることになるでしょう。だったら、若い十郎太さんに団子作りを手伝ってもらえばいいと思うんだ。惣右衛門さんの美味しい団子をたくさん作って、十郎太さんがそれを三文屋でも売ればいい」

「それなら、もっとたくさんのお客さんを幸せにできるわね」

「惣右衛門さんも助かるって、きっと喜ぶよ。惣右衛門さんは、自分の作った自慢の団子を、たくさんの人に食べてもらいたいんだから」

「喜ぶどころか、張り切りすぎて、また腰を悪くしちゃうかも」

志津が手を打って笑う。

駿は十郎太に向き直った。

「十郎太さん。もう一度、団子を作ってみませんか。今度は、お客さんを幸せにするために」

「わたしに、できるでしょうか」

「辛いことは、誰かと分けると半分に減るんです。だけど、幸せなことは、誰かに分けても倍に増えます。爺様のことも、団子のことも、分け合いましょうよ」

「ありがとうございます」

十郎太が洟《はな》をすすった。

「これから碓氷屋に帰って惣右衛門さんに掛け合ってみますけど、恐らくは二つ返事で了解してくれると思います」

「今までのことを許していただけるなら、一緒にやらせていただきたいです」

十郎太が深々と頭をさげる。

満面の笑みの志津が、

「それなら、この店の屋号も変えないといけないわね」

頭をさげたままの十郎太に寄り添うように、その背に手を置いた。

「もう一串三文はやめます」

「そうだ。碓氷屋江戸見附店にすれば、すぐに評判になるわ。地の利もあるから、碓氷屋よりも繁盛しちゃうかも。あの若い茶くみ娘も碓氷屋で仕事を覚えさせればいいし」

「それではこの店の人手が足りません」

「ご心配なく。碓氷屋江戸見附店には、あたしが手伝いに入りますから」

志津が熱い眼差しを、十郎太に向ける。

それに十郎太も笑みを返した。

なんだか、おかしな雲行きになってきたが、後のことは大人たちに任せよう。

駿は、涼と頷き合う。

手の中の一朱銀が温かくなっていた。

第四章

百姓の武器

一

「涼。どうして俺たちの村は貧しいんだろうな」

風のない峠道を、黄色地に黒い筋模様の揚羽蝶《あげはちょう》がハタハタと横切る。

駿は額を流れる汗を左手の甲で拭うと、右手に持った竹筒から水を飲んだ。

喉を落ちる水が美味い。

駿は涼とともに、一月半にも及んだ碓氷屋での手伝いを終え、玉宮村へ帰る道中にあった。

「そりゃあ、浅間焼けからずっと、酷い飢饉が続いているからね。米も麦も野菜も穫り入れは半分にもならないし……」

「でも、米も麦も野菜も、少なくはなったけど、まったく穫れない訳ではないよな。なのに俺たちは食うにも困る有り様じゃねえか」

涼に不満をぶつけても仕方ない。それでも言葉はきつくなってしまう。

「俺たちは小作人だからね。穫れた作物は、地主である名主様に納めなければならないんだ」

「名主様はどうするんだよ」

「米は年貢として代官様に納めて、麦や野菜は市場で売って銭に替えるんだろう」

「結局は、ほとんどの米は代官様に取られてしまうんじゃないか。田畑で汗水流して働いているのは百姓なのに、なんで何もしない侍ばかりが得をするんだよ。侍はそんなに偉いのか。刀を持っているからって、威張っていいのか」

気づけば、声を荒らげていた。

話をしているうちに、さらに気持ちが昂《たかぶ》ってしまったのだ。

駿の声に驚いたのか、藪から数羽の雀《すずめ》が逃げるように飛び立つ。

「侍だって何もしていない訳じゃないさ。役人は村や百姓を守ってくれているんだ」

「守るって、何からだよ」

「それは盗賊とか……その、なんだ……」

涼が言葉に詰まる姿など滅多にない。

「他には、なんだよ」

それが余計に腹立たしい。

「とにかく盗賊からだよ」

「だいたい江戸の町ならともかく、玉宮村に盗賊なんか来るもんか」

「そんなことはわからないだろう」

「わかるさ。じゃあ訊くけど、盗賊が盗むようなものが、玉宮村のどこにあるっていうんだ。刀を持った侍に守ってもらわなくたって、盗まれるものなんてないぞ」

問いつめるつもりはなかったが、どうにも止まらない。

涼が困ったように目線を泳がせた。

「仕方ないよ。そういう世なんだ」

涼が言い放つ。このときばかりは、涼も悔しげに顔を歪めた。

「なんだよ、それ。小作人に生まれたら、死ぬまで自分の畑は持てねえのか。たとえ地主になれたって、侍に年貢を納めなければならねえ。百姓は陽が昇る前から陽が沈むまで鍬を振るい続けて、土蔵に収まらねえほど米をたくさん作っているのに、自分たちは食えずに腹を空かせているんだ。こんな道理があるか」

「俺だって、侍ばかり狡いと思うよ」

「侍だけじゃないぞ……」

軽井沢宿ですれ違った人たちの姿が脳裏を過る。

その多くは江戸から来た善光寺参りの旅人たちや商人だ。身なりを見ただけで、暮らしぶりは想像がつく。駿が生まれ育った玉宮村の人たちとは、天と地ほども違って見えた。

「……軽井沢宿にいた旅人や商人は、好きなだけ団子を買って食べることができるんだ」

「駿の言うとおり、碓氷屋や三文屋は繁盛していたね」

玉宮村で団子が食べられるのは、盆と正月くらいなもので、浅間焼けからというもの、涼と駿の家では、それさえも遠退《とおの》いていた。

「団子を買うには銭がいるんだよな」

「うん。そうだね」

「どうして江戸の人たちは銭を持っているのかな」

この問いかけに、涼がすぐに答えてくれる。

「江戸は上様（将軍）の町だからね。たくさんの人が集まっているんだ。人が多いということは、それだけたくさんのものが入り用になるってことなんだ」

「食べ物のことか」

「そうだね。もちろん食べ物が一番大事だけど、それだけじゃない」

「そうか。鍋とか釜とか、着物もないと困るな」

「大きな町だからね。人が住む家もいるよ。長屋って言って、細長い大きな屋敷に、たくさんの所帯が暮らしているんだ」

　大勢の人が集まれば、多くの物が入り用になる。

　涼が言わんとしていることが、少しずつわかってきた。

「ということは、たくさん人が暮らしているから、たくさんの物が売れるんだな。それを作って売る人にはたくさんの銭が入るのか」

「さすがは駿だね。銭を稼いだ江戸の町民は、また入り用なものを銭を出して買うんだ。そうやって江戸の町は物凄い量の銭がまわり続けているんだ」

　涼に褒められると、思わず顔が緩んでしまう。

「なあ、涼。団子を買うには、銭を稼げばいいんだよな」

　涼の話を聞いているうちに、駿の頭の中で何かが閃《ひらめ》いた。

「それはそうだけど」

「玉宮村でも何かを作って、入り用とする人たちに売ったら銭が稼げるってことだろう」

　我ながら名案だった。どうして今まで気がつかなかったのだろう。

　が、涼は固い表情のまま、

「言うほど容易いことではないよ。玉宮村の人たちは、ほとんどが小作人だろう。名主様から預かっている田畑で米や麦を育てるだけでも精一杯だし、それでもみんな、裏山なんかを開墾して、自分たちが食べるくらいの野菜は作っているよね。さらに何かを作るのはとても難儀なことだよ」

「だけど、このままじゃ、玉宮村は貧しいままだぞ」

軽井沢宿を訪れる旅人や商人たちのように、誰もが気軽に団子を食べられるようになりたいと思う。

「それに何かを作れたとしても、売れなければ銭にはならないよ。作ったものがたくさん売れ残れば、かえって今よりも暮らしに困ることになるんだから」

「ということは、米や麦を育てる合間に容易く作れて、すぐに売れるようなものを見つければいいのか」

駿の言葉に呆れたかのように、

「そんなあつらえ向きの良いものなんて、ある訳ないだろう。もしあったとしても、すでに他の村でやっているよ」

涼が溜息交じりに言った。

「それはそうかもしれないけど、玉宮村の神童といわれた涼だったら、何か良いことを思いついてくれるかなって」

「俺は打ち出の小槌《こづち》じゃないんだからね。なんでも出てくる訳じゃないよ」

そう言って、涼が顔の前で左右に手を振る。

「そうかぁ。だめかぁ。玉宮村のみんなにも、団子を食べてもらえると思ったんだけどなぁ」


駿は肩を落とした。

それを見て、涼も表情を曇らせる。

「そうだよね。みんなにも団子を食べてもらいたいよね」

軽井沢宿で商いを手伝いながら、賄いとして幾度も団子を食べさせてもらった。

噛み締める度に口中に溢れる米と醬油の甘辛い味わいは、この世のものとは思えぬほどの甘美なものだった。

「百姓だって、一生懸命に生きているんだ」

村への帰り道を急ぎながら、駿は悔しさに歯を食いしばった。

二

「駿。あのことだけどさ」

鍬を振りあげる手を止めた涼が、話しかけてきた。

見開かれた眼の中心で、漆黒の瞳が爛々と輝きを放つ。

「何か思いついたのか!」

駿も手の甲で額を流れる汗を拭って、野良仕事の手を止めた。

軽井沢宿から戻って、すでに三日が過ぎていた。

二人にとって、あのことと言えば答えは一つだ。

「今はそれほど売れていなくても、これから先にたくさん売れるようになるかもしれないものってなんだろうかって思って、あれからずっと考えてみたんだ」

この三日の間、涼が前にも増して日ノ出塾で内田健史郎の蔵書に向き合っていたことは知っていた。

「もったいぶらないで教えてくれよ」

期待に胸が膨らむ。

「もったいぶってる訳じゃないけど。ただの思いつきだからね。まだ、どうなるかもわからないし」

だが、言葉とは裏腹に、涼の瞳がさらに輝きを増している。

こういうときの涼は、神がかっていた。

「本当は何か良いことを思いついたんだろう」

「うん。駿に言われたことを頭の中で改めて考えてみたら、ちょっとおもしろそうなことが浮かんだんだ」

「待ってました」

やはり、涼は頼りになる。涼が友達で、心から良かったと思う。

「四木三草《しぼくさんそう》って知っているかい」

「なんだ、それ」

手習い所で教わったのかもしれないが、剣術の稽古なら兎も角、学問の講義では居眠りすることが多い駿には、まったくなんのことかわからない。

「四木は桑、楮《こうぞ》、茶、漆で、三草は藍、紅花、麻のことだよ」

桑は絹織物を作るための生糸を産む蚕の餌になる。

楮は質の良い高価な和紙の原料だ。

茶は飲み物として、武士や町人、そして百姓まで広く親しまれている。

漆は食器や家具などの腐敗や乾燥を防ぐための塗料として、樹液が使われている。

藍と紅花は顔料として生地の染色に使われ、麻は強靭《きょうじん》で安価な生地として、人々の暮らしに欠かせぬものとなっていた。

この七つを四木三草といい、諸藩が栽培を奨励した。藩によっては、専売として藩財政の柱とすることもあったほどだ。

「聞いたことがあるような気がする。それで、その四木三草を作るのか」

「うん。目をつけるなら、養蚕だと思う。川越藩でも養蚕を奨励しているからね。今はまだ領内でも限られた村だけが行っているけど、これからはさらに大きくなる産業だと思う」

「そうか。御蚕様を飼うのか。おもしろそうだな」

　この目で蚕を見たことはなかったが、話には聞いて知っている。

　蚕が作る繭《まゆ》から絹の原料となる生糸が作られるのだ。蚕が繭を作る姿を頭に思い描くだけで、なんだか楽しくなって胸が高鳴った。

「いや、それはだめだよ」

「どうしてさ。御蚕様が、これから盛りあがるんだろう」

「そうだけど、養蚕をはじめるには、それこそたくさんの銭がいるんだ。玉宮村は稲の作付けのための種籾《たねもみ》にさえ事欠くほどだから、養蚕の支度をするような銭は逆立ちしたって出てこないよ」

「名主様に話して、出してもらったらいいじゃないか」

　玉宮村の神童と言われた涼の言葉なら、名主様だって聞く耳は持ってくれるに違いない。何より、玉宮村が豊かになるために考えたことなのだから。

「いくら名主様でも、きっと無理だよ」

「そうかなぁ」

「うん。さすがに難しいと思う」

　村掛かりで養蚕をはじめるのに、どのくらいの銭が入り用なのかはわからなかったが、涼がそう言うのであれば、おそらく途方もない額なのだろう。

「じゃあ、諦めるのか」

意気消沈している駿を尻目に、涼は口角をあげる。

「いや、諦めない。名主様にお願いしてみる」

「でも、御蚕様を買うには、たくさんの銭がかかるんだろう」

「だから、桑を植えるんだ」

「えっ。御蚕様じゃないのか」

涼が満面の笑みを浮かべて、大きく頷いた。

「御蚕様を飼うには、幼虫を買ったり、小屋を建てたり、小屋を暖める薪を集めたり、銭も人手も途轍もないほどかかるけど、御蚕様の餌になる桑を育てるだけなら、米や麦の片手間でもなんとかなると思うんだ」

「御蚕様の餌を作るのか」

蚕を飼うのではないと聞かされて、少しがっかりする。それが顔に出てしまったようで、涼が詳しく説いてくれる。

「桑なら山に自生しているから、実を集めて畑で育てるのに銭はいらないだろう。寒さに強い木だから、冬を越して毎年必ず葉をつけてくれるし。何より育てるのに、手間がかからないよ」

「うん。たしかにそうだ」

「山の木は逞しいからね」

浅間焼けの噴煙により日の当たらぬ日が続き、降り積もった火山灰で土は荒れてしまった。農作物は枯れ、実りは失われたが、山に入れば桑は変わらずに葉や実をつけている。

「桑なら、御蚕様だけじゃなくて、人も食べられるな」

桑の実は甘酸っぱい味で、木イチゴのように、そのまま生で美味しく食べられる。

桑の葉は小麦粉に練り込んで煮て食べたり、乾《ほ》してお茶にして飲むことができた。

「玉宮村のみんなで山を切り開いて畑を作り、大掛かりに桑を育てるんだ。これを川越藩の領内で養蚕を行っている村に売ればいい」

「銭が稼げるのか」

「たくさん売れれば、たくさんの銭が稼げるよ」

「村のみんなで団子が食べられるな」

涼が笑顔で頷いてくれる。

「これから名主様のところへ話しに行ってみようと思うんだ。駿も一緒に行ってくれるよね」

「当たり前だろう。俺たちはいつも一緒だ。兄弟みたいなもんだからな」

駿の言葉に、

「俺にとって駿は、兄弟よりももっと大事だよ」

涼が心底から嬉しそうに相好を崩した。

三

「うーむ。悪い話ではないがなぁ……」

土間の隅に敷いた筵《むしろ》の上で、稲藁を器用に編みながら草履を作っている伝五郎に、涼と駿が頭をさげている。

が、隣で同じように藁縄を編んでいた千代に向かって、伝五郎は困ったように溜息を吐いた。

端整な顔立ちをした涼の表情が、

「村のみんなの暮らしが少しでも楽になるように、桑の葉を売って銭を稼ぎたいんだ」

いつにも増して強く引き締まる。

「おじさん、お願いします」

駿からも訴えた。

伝五郎が涼に向き直ると、

「話は良くわかった。おまえは本当に良くできた息子だ。鳶《とび》が鷹を生んだなんて、村の者たちには笑われたもんだ。涼は俺の自慢の息子だ」

そう言って表情を緩めた。

「やめてくれよ。俺は鷹じゃないし、父ちゃんだって鳶なんかじゃないよ」

涼がすぐさま首を横に振る。

「いいんだ。むしろ俺は嬉しかったくれえなんだ。誰もが涼のことを鷹だと認めているんだからな」

「父ちゃん……」

伝五郎が手を伸ばして、嬉しそうに涼の頭を、グシャグシャと撫でた。野良仕事で荒れた五本の指が、涼の艶やかな髪に絡む。

少し荒々しいほどに、伝五郎の愛情が伝わってきた。

そんな父と子の様子を、駿は眩しげに見つめる。

「涼の言い出したことだ。きっと上手くいくに違いない。父ちゃんは、おまえを信じている」

「ありがとう」

「軽井沢宿へ商いの手伝いに行ったことで、涼も駿も逞しくなったような気がする。父ちゃんは商いなんてしたことはないけれど、きっとたくさんの世の道理を学んで来たのだと察しはつく。健史郎先生には、本当に御礼の申しようもないと思う」

身を乗り出した涼の言葉を遮るように、

「それでも難しいだろう。名主様がお聞き届けくださるとは思えねえ」

伝五郎がそう言って、眉根を寄せ、唇を引き結んだ。

「それは、俺がまだ子供だからなの？」

「おまえはもう十三だ。それに玉宮村に、おまえを子供扱いする者などおらんだろう」

伝五郎が首を横に振る。

「じゃあ、どうしてさ」

「名主様は、お代官様より名字帯刀を許された御方なんだ」

「それだって、俺たちと同じ玉宮村の百姓じゃないか」

「同じではない」

伝五郎が、今まで聞いたこともないような強い調子の声で言った。

駿がこの家に来てから、初めて見る伝五郎の厳しい顔だった。

「大地主と小作人だからってこと？」

「それもある。だが、もっと大きな違いは、名主様はお侍のために働いているということだ」

「百姓の味方ではないってことなの？」

「それは父ちゃんにもわからない。でも、お侍にとって得にならないことに、わざわざ首を突っ込むようなことはなさらないってことだけは間違いねえ」

「なんだよ、それ」

涼が唇を噛んで項垂れる。

「だが、諦めるとは言ってないぞ」

「えっ?」

涼が顔をあげた。

「三人で頭をさげれば、名主様だって話くらいは聞いてくださるだろう」

「父ちゃん!」

「おじさん!」

涼と駿は同時に叫ぶ。

「村のことを思ってのことだ。名主様だって、わかってくれるかもしれないからな」

そう言って、口元を緩めた伝五郎が立ちあがった。

四

「だめだ。断る」

囲炉裏の前で正座していた荒井清兵衛が、腕組みをして目を閉じた。

眉間には幾重にも深い縦皺が走る。

清兵衛は玉宮村の名主である。清兵衛の眼前には、伝五郎と涼、そして駿の三人が畏《かしこ》まって膝を折っていた。

「村のみんなの暮らしが少しでも楽になるように、桑の葉を売って銭を稼ぎたいんです」

端整な顔立ちをした涼の表情が、さらに強く引き締まる。

「他ならぬ涼と駿からの願い出だというから、話だけは聞いてやった。おまえたちには茜の命を助けてもらった恩もあるからな」

「でしたら、もう少し話をさせてください」

涼が両手をついて、頭をさげた。

「いくら話を聞いても無駄だ。玉宮村に桑畑を作るつもりはない」

「どうしてですか」

「そんな暇があるなら、少しでも山を切り開き、田んぼを作るほうが良い」

清兵衛が鼻に皺を寄せる。

「稲では手間がかかり過ぎます。それにいくら田んぼを開墾して稲の作付けを増やしても、その分だけ年貢が高くなるだけです。米の収穫をどれだけ増やしても、みんな年貢で取られてしまうじゃないですか」

「何がいけない」

「な、何がって……、それでは百姓の暮らしは豊かになりません」

清兵衛が涼を睨みつけた。

紋付きの羽織を着ている者は、玉宮村では村名主の清兵衛だけだ。堂々とした風格で座っているだけでも威圧される。

「人には持って生まれた本分というものがある。神童とまで言われているおまえなら、意味はわかるな」

清兵衛が挑むように涼に問いかけた。

「本分とは、人が本来尽くさなければならない務めのことです」

「そうだ。百姓の本分とは、年貢を納めることにある」

「そんな……」

涼が絶句する。

「百姓は昼夜を問わず田畑を耕し、米や麦を収穫することが大事だ。己が粗食となろうとも、一粒でも多くの米を年貢としてお家に納めることが務めだからだ」

「本気でそうお考えなのですか」

「当たり前だ。百姓は少しでも多くの年貢を納めなければならない。儂はそう思っている。儂が多くの年貢を納められるように、おまえたち小作人は汗水流して田畑に鍬を打つのだ」

そこまで聞いていて、ついに堪忍袋《かんにんぶくろ》の緒が切れた。

駿は立ちあがると、

「黙って聞いていれば、言いたい放題じゃねえか！　百姓をなんだと思ってんだ！」

「お、おまえ……なんだその言い草は……」

清兵衛が仰《の》け反《ぞ》り、驚きに目を見開く。

伝五郎と涼は石になったように固まっていたが、もうこうなったら駿は止まらなかった。

「俺は涼のような器量はねえから、難しいことはわからねえ。だけどさ、涼はこの村のことを本気で思って、桑の葉を売ることをお願いしてんじゃねえのか」

「誰に向かって申しておる」

「わからず屋の石頭に向かって言ってるに決まってるだろう」

「儂がわからず屋の石頭だと！」

清兵衛が茹《ゆ》で蛸《だこ》のように、顔を真っ赤にして声を荒らげる。

「涼はな、村のみんなにも美味しい団子を食べてもらいたいと思って、知恵を絞ってるんじゃないか。名主様は偉いんだろう。だったら、涼の気持ちをわかってやれよ」

「藪から棒に、なぜ団子なんだ」

「俺と涼は健史郎先生に言いつかって、軽井沢宿の団子屋の商いを手伝いに行ったんだ。軽井沢宿にいた旅人たちは、気軽に団子屋によって団子を食べていた。それなのに玉宮村では浅間焼けからずっと、作物の収穫にも苦労して、団子はおろか満足な食事にさえ事欠く有り様だ」

「ならば、もっと働けば良いのだ。働いて働いて、米を作ればいい」

「だから、団子だって言ってるんじゃねえか」

顔を上気させて怒りを露わにしていた清兵衛の表情が変わった。

「どういうことだ。わかるように話しなさい」

「そのときに涼が教えてくれたんだよ。団子屋が売るのは団子じゃないって」

「では、団子屋は何を売るのだ」

「団子屋が売るのは、幸せなんだ……」

清兵衛が虚を突かれたように、躰を強張らせる。

「……美味しい団子を食べることで、旅籠で忙しく働いている人たちは、ひとときの息抜きになるし、長旅で疲れている旅人なら、足を休めたり、躰の疲れを癒やすことができる。目当ては団子を食べることではなくて、その先にある幸せなんだ」

「幸せか」

清兵衛の声音から、怒りが解かれる。

「百姓だって同じなんだよ。年貢を払うために少しでもたくさんの米を収穫しようと思ったら、百姓が幸せになって、野良仕事を一生懸命に頑張りたいって思えるようにしなければいけないんだ。百姓を幸せにすることが、名主の仕事なんじゃないのか」

百姓に団子を食べさせることが、年貢を多く納めることになると申すか」

「そうだよ。「百姓が幸せになれば、年貢も増えるんだ」

清兵衛がしばし考えを巡らせた後、深くゆっくりと息を吐いた。

「良かろう」

「ええっ？」

駿は驚きのあまり、変な声を出してしまった。

「良いと言ったのだ」

こちらの戸惑いをよそに、清兵衛が笑みを浮かべる。

「そ、それって……」

「桑畑を作ることを許すと言ったのだ」

「本当にいいのか？」

「桑を売って銭を稼ぎ、村の民が団子を食えば、みんなが幸せになって年貢が増えるのだろう。儂から村中に触れを出しておく。玉宮村では桑畑の開墾をはじめる。作付けから刈り取りまで、涼がすべての責めを負え。おまえも涼を助けて、桑作りに励むのだ。

いいな。そのかわりに後のことは儂が引き受けよう。儂から陣屋のお役人様に願い出て、収穫された桑の葉の売り先は見つけておいてやる」

涼と顔を見合わせた。

「やったぞ。涼！」

「駿。すごいよ！」

二人で手を取り合って喜ぶ。

伝五郎が、

「名主様。ありがとうございます」

畳に額を押しつけて礼を言った。

「仕方あるまい。百姓を幸せにすることが名主の仕事だと、駿に言われてしまったからな」

清兵衛が照れを隠すように、両手で襟元を正す。

「ありがとうございます」

駿も頭をさげて礼を言う。

「名主の仕事をせねば、おまえに叱られるからな」

清兵衛が笑顔のまま、大きく頷いた。

第五章

涼の出世

一

水田を青蛙が跳ねた。
幾重にも、小さな波紋が広がる。
天明八年（一七八八）皐月。
駿と涼は十五歳になった。
声は太く力強い男のものになり、口のまわりには薄《うっす》らと髭《ひげ》も見える。
身形《みなり》も逞しく、大人のそれと変わらなかった。
日ノ出塾の道場で、二人して居残り稽古をしている。
「やはり、涼には敵わないな」
駿は大きく肩で息をしながら竹刀を降ろした。

「そんなことはない。駿もかなり腕をあげているよ」

「いや、涼と俺では太刀筋が違う。やはり、持って生まれた器量が違うんだ」

幼い頃から、剣術では涼の足元にも及ばなかった。

それが躰の成長とともに、駿も力をつけ、十三歳のときには、剣道の仕合の勝ち負けが並びかけた。

ところが昨年は涼の勝ち数が圧倒し、今年もすでに大きく水を開けられている。

人知れず涼が血の滲むような鍛錬を重ねていることは、いつも傍にいる駿だけが知っていることだ。

何をやっても敵わなかったが、それでも涼と一緒にいるだけで楽しかった。

年は一緒だが、涼のことは血を分けた兄弟のように思っている。

「そろそろ片付けて帰ろうよ」

涼が汗を拭う。

「そうだな」

駿も頷いた。

そこへ二人の若い塾生が現れた。

どちらも駿たちと変わらぬ年齢に見える。

「おや、なんか臭くありませんか」

「うむ。たしかに肥《こえ》の臭いがする。ここは神聖なる道場にもかかわらず、何故、肥の臭いがするのだ」

入塾したばかりの新入りで、二人とも武家の子弟だった。

川越藩家臣の親が前橋陣屋にお役替えになったことで、城下から前橋の下屋敷に越してきたばかりだ。

前橋にも道場があるのに、わざわざ玉宮村の日ノ出塾を選んだのは、師範の内田健史郎を高く評価してのことだろう。

「道場とは、我ら侍が剣を学ぶところ。鍬を振る百姓が出入りするから、肥の臭いがするのだ」

そう言い放った細身で狐目の男は、深山忠之信《ふかやまただのしん》だ。

親が川越藩の重職にあることを鼻にかけ、いつも子分のように若い侍を引き連れていた。

「忠之信さん。やっぱり、百姓がいますよ」

今日の子分は、色白で小太りの中川直介《なかがわなおすけ》だ。

親子共々、深山の腰巾着をしている。

「駿、行こう」

涼が言った。あえて火中の栗《くり》を拾うほど、涼は愚かではないのだ。

「そうだな」

駿も続いて道場を出ようとする。

「おい、おまえたち、待て」

駿と涼に、忠之信が声をかけた。

「ごめん」

涼が武家風に会釈をすると、関わり合いにならないように目線をそらした。

「俺が待てと言ったのだ。何故、出て行こうとする」

「それは……」

「俺は深山忠之信と申す。このほど入塾を許され、内田先生の指南をいただきに通っている」

仕方なく、涼も名乗る。

「わたしは玉宮村の涼と申します。これは同輩の駿です。どうか、お見知りおきを」

「涼と申すか。ちょうど良い。水を汲んで来い」

忠之信が、ニヤリと口角をあげた。

「何を言っているのかわかりませんが」

「道場にあがるのに、足を洗いたいのだ。おまえ、桶《おけ》に水を汲んで来い」

「井戸なら、そこの裏庭にあります」

「そんなことはわかっている。俺は、貴様に水を汲んで来いと言ったのだ」

忠之信の腰には大小が差してある。無論、真剣だろう。

「まだ入塾されたばかりで、ご存じないのですね。ここでは足を濯《すす》ぐ水は、己の手で汲むことになっています」

「ならば俺が貴様に教えてやる。どこの村に行こうとも、侍が足を濯ぐ水は、百姓が汲んでくるものだ。ここではそんなことも習っておらんのか」

「健史郎先生を侮辱するな！」

駿は叫んでいた。

そこまで黙って聞いていたが、さすがに堪忍袋の緒が切れた。

何を言われても、己のことであるなら文句は言わない。が、幼少の頃より教えを請うてきた御師を侮辱されたとあっては、黙っている訳にはいかなかった。

「内田師範について、どうこう言っているのではない。貴様ら百姓が無知ゆえ、俺が道理というものを指南してやっているのだ」

「おまえら、いい加減にしろよ。侍だからって、なんでも許されると思ったら大間違いだぞ」

「百姓の癖に、分際を心得ろ」

「日ノ出塾では、侍も百姓もない。剣も学問も、より高く修めたものが偉いんだ」

健史郎が日頃より唱えていることだ。

「威勢がいいな。そこまでの口を利くのだ、それなりの覚悟はあるのだろうな」

「勝負なら受けて立つぞ」

今にも忠之信に突っかかっていきそうな駿を、

「よせ、やめておけ」

涼が押し止《とど》めようとする。

「何も喧嘩をしようというのではない。道場にいるのだ。俺が稽古をつけてやろう」

忠之信が足の汚れも拭わず、道場にあがった。これに直介も続く。

涼が顔をしかめたが、

「おうっ、稽古だな。やってやろうじゃないか」

血気盛んな駿は頭から湯気をあげ、それどころではない。

忠之信が大小を壁の刀掛けに置いた。

手にしたのは、木刀だった。

これには涼が色を作《な》す。

「待ってください。剣術の稽古は、竹刀でする決まりになっています。木刀を使った稽古は、健史郎先生の御前でしか許されていません」

竹刀と木刀では、躰への衝撃がまるで違う。

竹刀で打たれてもせいぜい後で腫れるくらいだが、木刀で本気で打ち込まれたら、骨など容易く砕かれてしまう。打ち所が悪ければ、命を落とすこともあるのだ。

「なあに、ちょっとした腕試しだ。それとも木刀を見て、怖くなったか。まあ、剣ではなく鍬しか振るえぬ貴様ら百姓が、怖《お》じ気《け》づくのも致し方ないが」

駿は眉間の皺を深くする。

「俺は木刀でもかまわない」

「なかなか威勢がいいじゃねえか」

涼が駿の肩を摑んでくる。

「駿。馬鹿なことはよせ」

「侍だからって、偉そうにしやがって」

「あれは奴の挑発だ。誘いに乗るな」

「百姓を馬鹿にするような奴は許しちゃおけねえ。涼だって、腹に据えかねているんじゃねえのか」

「あいつ、口だけではないぞ。腕に覚えがあるんだ」

よく見れば、着物から見え隠れする腕は、鋼のように鍛えあげられている。細身の躰は、無駄なものを削《そ》ぐほどに、鍛錬を重ねた証しであろう。

「なあに、俺だって玉宮村の神童と言われた涼と、互角に戦ってきたんだ。一泡吹かせてやるぜ」

戦国の世ならいざ知らず、泰平の世で剣を抜くこともない侍など恐るるに足りない。

駿は涼を振り切り、木刀を持って忠之信と立ち合う。

両者が見合い、目礼すると、剣先を合わせた。

駿は中段に構える。

ゆっくりと息を吐き、剣先の延長が、相手の左目を指すようにする。この構えは、他のすべての構えに移行しやすく、攻めにも受けにも適している。

忠之信も中段に構えていた。

「いやぁあああっ」

喉が裂けんばかりに声をあげる。

先手必勝で、駿から打ち込んだ。

手応えはあった。いや、あったはずだ。

ところが駿の木刀は、呆気なく空を斬った。

ものの見事に、見切られたのだ。

すぐに忠之信が斬り込んでくる。

目の前にいるにもかかわらず、忠之信の太刀捌《さば》きが見えない。

いきなり視野の外から、剣先が現れる。

「うわっ」

思わず声をあげ、足を引いてしまった。

そこを見逃さず、さらに二の太刀、三の太刀が迫ってくる。

必死で撥《は》ね返した。

激しく木刀がぶつかる。乾いた音が響く。木刀を取り落としそうになるほどの痺れが、両手に襲ってきた。

涼と稽古をしていても、これほどの斬撃は受けたことがない。これが真剣を振るったことがある者の太刀捌きか。

忠之信の細い躰のどこにこれほどの力が隠されていたのかと思うほど、受けた太刀の衝撃は凄《すさ》まじかった。

だが、駿も負けてはいない。すかさず反撃に出る。木刀を横に払い、喉を突き、袈裟《けさ》懸《が》けに斬り落とす。

しかし、幾度攻めても駿の剣先は空を斬った。

初めは中段に構えていた忠之信が、呼吸に合わせてゆったりと上段に構え直した。

この構えは敵を斬るためには、刀を振りおろすだけで良い。

究極の攻撃の構えだ。

その一方で、躰の正面が剝き出しになる。いわば、捨て身の構えといえる。守りよりも、攻めることを主眼としているのだ。
忠之信の性根が知れる。いや、それだけ腕に自信があるということか。
忠之信の両の眼が、じっと駿を見据えている。
瞬きさえしない。見つめているのでも、睨んでいるのでもない。
これは獣が獲物を狙っているときの眼だ。
そのとき、道場に一陣の風が吹き抜けた。
刹那、忠之信が瞬きをする。
——今だ。
渾身《こんしん》の力を込めて、木刀を打ち込む。
「待て！」
道場を震わすほどの大音声で、声がかかった。
弾かれたように駿も忠之信も離れて、互いに木刀を収めた。
日ノ出塾の師範である内田健史郎だった。
「そこまでだ」
健史郎の力強い声が、二人を圧倒する。
「何故、止められるのですか」
忠之信が不服そうに異を唱える。

「この勝負、次の一手で勝敗はついておった」

「わかっております」

「続けておれば当塾きっての手練《てだ》れの塾生が、二人も大怪我を負うことになった」

「二人とは」

忠之信が怪訝《けげん》そうに表情を歪める。

「次の一手、相打ちであった」

「馬鹿な。内田先生といえども、その見立てには承服しかねます」

「ほほう。百姓よりも侍の剣のほうが優れていると申すか」

健史郎の片眉が、わずかにあがった。

「我らの話を聞いておられたのですか」

「なあに、聞くともなしに耳に入ってきたまで。立ち聞きした訳ではない」

「いずれにせよ、先生がお止めにならなければ、某《それがし》が勝っておりました」

「剣というものは、嘘をつかぬ」

「心得ております」

「剣を持つものが侍であるか百姓であるかは問わぬもの。ただ、強者にのみ、勝機を約束する」

「某のほうが弱いと申されますか」

「そうではない。忠之信は負ける怖さを知っているため、勝つための剣を振るう。だが、未熟者の駿は、己が負けることも厭《いと》わず、ただ相手に向かってがむしゃらに突き進んでいく。負ける怖さを知らぬ者ほど、恐ろしいことはない。故に、相打ちだと言ったのだ。わたしが止めねば、二人とも今頃は怪我をしてのたうちまわっておったぞ。感謝してもらいたいものだ」

「わかりました。此度の勝負は、先生にお預けいたします」

忠之信が唇を引き結ぶ。

「それが良い。もうひとつ言えば、選んだ相手が駿で良かったぞ」

「どういうことですか」

「涼ならば、相打ちではすまん」

「某が負けるとでも」

「川越の剣心《けんしん》館では、若手の中では一目置かれていたらしいのう。たしかに、腕は確かだ。だが、上には上がいるということだ」

忠之信があからさまに不服そうな顔をする。

が、それでも渋々と承服した。

「では、申しつける。わたしの許しもなく木刀により仕合をした。忠之信と駿は、道場の雑巾掛け三十回だ。それを見ていながら止めなかった直介と涼は、同じく雑巾掛け十回。さらに忠之信と直介は、足を濯がぬまま道場にあがった罰で、もう十回。よいな」

それだけ言うと、健史郎は奥にさがってしまう。

「糞。俺だけ四十回か」

忠之信が袴《はかま》の裾を帯に挟んだ。

「それだけ道場が綺麗になるのですから、まあ良いではありませんか」

涼は雑巾掛けをするために、水を汲みに行く。

その後ろ姿を、

「このままで済むと思うなよ」

忠之信が憤怒《ふんぬ》の形相で睨めつけていた。

二

「お里《さと》婆ちゃん、水瓶に水を汲んでおいたからね」

「駿ちゃん、いつもすまないね」

「もう駿ちゃんはやめてよ。俺は十五になったんだぜ」

「そうかい、そりゃあ悪かったね。でも、駿ちゃんは五つになったばかりの頃から、こうやって井戸の水を汲みに来てくれていたからね」

年老いた里が夫を亡くして、一人暮らしをはじめてから十年になる。

初めは鶴に言われて、井戸の水汲みを手伝いに来た。

腰の曲がった老婆にとって、水汲みほどきついことはない。とくに冬場などは、寒風吹きすさぶ中で井戸の釣瓶《つるべ》を引きあげるなど、足腰の弱い里には大変な仕事だった。

「釣瓶が壊れていたから、直しておいたよ」

「本当にありがたいことだ」

里が両手を合わせ、拝むようにして頭をさげる。

「よしてくれよ。縄が古くなっていたから、取り替えただけのことさ」

「駿ちゃんは、本当に何をやらせても器用だね」

「俺は学問はあまり得意じゃないけどさ。指先を使って仕事をすることは、なんだか好きみたいなんだ」

「鶴さんが生きていたら、さぞや自慢の息子だったろうねぇ……」

そう口にした里は、

「あら嫌だ。わたしったら、余計なことを言って、ごめんよ」

慌てて両手で口を塞いだ。

「大丈夫だよ。今じゃ、伝五郎さんと千代さんが良くしてくれてるし」

「そうかい。駿ちゃんは働き者だから、嫁さんは幸せ者だね」

「親もいないし家もない俺のところになんか、来てくれるような嫁さんはいないよ」

「そんなことないだろう」

「そんなことあるさ」

「じゃあ、里婆ちゃんがいつでも嫁にいってやるよ。爺さんにお迎えが来てから十年が経つからね。わたしが嫁に行っても許してくれるだろうさ」

「ええっ。お里婆ちゃん、いったいいくつだよ」

「女に年を聞くもんじゃないよ。これでも若い頃は、前橋小町って言われて、家の前に男が列をなしたもんだ」

「はいはい。困ったら、そのときは頼むよ」

「遠慮なんてしなくていいよ」

さすがに駿は吹き出した。

うっかり鶴の名前を出してしまい、里なりに申し訳ないと気を遣ったのだろう。

里の戯《ざ》れ言《ごと》で、たしかに明るい気持ちになった。

駿は、里の家を出た。

今日のうちにまわっておきたい家がある。

「さて、次は源治《げんじ》爺さんのところに寄って、薪割りを手伝ってくるか」

源治も一人暮らしをしている老人だ。

近頃は足腰が弱り、力仕事が辛くなっている。

少し偏屈なところがあって、村の人たちからは煙《けむ》たがられていたが、なぜか駿だけには心を許してくれていた。

時々寄って、顔を見せるだけでも喜んでくれる。

困っている人や苦しんでいる人がいたら、見て見ぬふりをするのではなく、自分にできることでいいから手を差し伸べる。

鶴が亡くなって、もう五年になる。

それでもこうして誰かの役に立っていると、母のことを身近に感じられた。

――辛いことはね、誰かと分けると半分に減るんだ。だけど、幸せなことはね、誰かに分けても倍に増えるんだよ。

今でも、鶴の声がはっきりと聞こえる。

自分の中に、母の思いが受け継がれている。


「待たせて、ごめんなさい」

玉宮神社の鳥居の前で待っていた駿の前に、茜が姿を現した。

「そ、それ……」

「似合ってないかな」

茜は浴衣を着ていた。

藍地の木綿を白で染め抜いた朝顔の柄が、茜の雪白の肌によく似合っている。

文庫結びにした橙《だいだい》の帯が、暮れなずむ淡い夕闇に映えた。

帯からさげた臙脂《えんじ》の巾着が、なんとも愛らしい。

「い、いや……」

「浴衣を着てきちゃった」

茜が少し恥ずかしそうにしている。

浴衣の元は湯帷子《ゆかたびら》といって、平安時代の貴族が夏に着ていた麻の単衣《ひとえ》だという。

その頃は蒸し風呂だったため、肌を隠したり、火傷を防ぐために着ていた。

家康公が江戸に幕府を開くと、町造りのための職人や商人が集められ、たくさんの長屋が立ち並んだ。

江戸は幾度もの大火に見舞われたため、火を使う風呂は、長屋には許されなかった。

そのために町の彼方此方《あちこち》に銭湯ができた。

銭湯の行き帰りや風呂あがりの夕涼みに、江戸の町人たちは浴衣を楽しむようになっていった。

これも涼から教えてもらったことだ。茜の浴衣姿を見て、なんとはなしに思い出してしまった。

川越や前橋でも、夏になると裕福な商家の娘たちが浴衣を着ている。

さすがに玉宮村ではまだ珍しかったが、今宵《こよい》は夏祭りだ。

茜は村名主の娘なので、浴衣ぐらい着ていてもおかしくはないのだが、駿は初めて見るので、戸惑いを隠しきれない。

「馬子にも衣装だな」

「そうかな。似合ってないかな」

茜が視線を落とす。

「まあ、似合ってないこともないけどな」

駿の少し乱暴な物言いにも、

「本当に似合ってると思う?」

パッと花が咲いたように、満面の笑みをこぼした。

「もう、行くぞ」

駿はさっさと歩きだす。

「涼ちゃんを待たないの」

茜が小走りに、駿の後を追ってくる。

「涼は、健史郎先生に用事を言いつかって、まだ日ノ出塾にいるんだ。少し遅くなると思う」

「そうなんだ。せっかくのお祭りなのに」

茜が駿に追いついた。

「仕方がないさ。涼は健史郎先生に頼りにされているからな」

覚えがめでたいのは、健史郎にばかりではない。

桑畑が村に大きな利を呼ぶようになってからというもの、大人たちは誰もが、何かにつけて涼を頼るようになっていた。

「涼ちゃんは頼りになるって、父様《とと》も言ってた」

川越藩前橋分領の村々では、藩の奨励もあって養蚕が盛んになりはじめていた。蚕を飼う農家が多くなれば、桑の葉の入り用も増えるのは必定だ。

高値で取引されるような良質の絹糸を作るためには、蚕に栄養の良い餌を与えなければならない。

玉宮村産の桑の葉は質が良いと評判だった。早くから桑の葉に目を付けた涼の才覚に、村の大人たちは恐れ入るばかりだった。

「名主様が涼のことを褒めていたのか」

「涼ちゃんのことを褒めない人なんて、玉宮村にはいないでしょう」

「それはそうだな」

思わず溜息が出る。

涼は年を重ねるごとに立派になっていく。

いつも近くで見ている駿が、そのことを一番良くわかっていた。

自分など、涼に比べるべくもない。

茜がクスクスと笑みをこぼす。

「駿だって、良いところがいっぱいあるよ」

「なんだよ、いきなり」

「いきなりじゃない。小さいときから、ずっと言ってる。駿には良いところがいっぱいある。わたしはちゃんと知ってるから」

茜がまっすぐに駿を見つめてくる。

「神輿《みこし》がはじまっちまうから、少し急ぐぞ」

「うん」

二人の足並みが揃った。

玉宮神社の境内を歩く。

参道に並んだ提灯《ちょうちん》が揺れた。

賑やかな祭《まつ》り囃子《ばやし》が境内に満ちる。

参詣を済ませてから、大人たちが担ぐ神輿を見物する。玉宮村の夏祭りで、五穀豊《ごこくほう》穣《じょう》を祈念するための神輿を担げるのは、一家の主だけだ。

褌姿の屈強な男たちの中に伝五郎の姿もあったが、駿たちは篝火《かがりび》の届かない闇の中にいるので、恐らく向こうからは見えないだろう。

男たちが荒々しい掛け声とともに、神輿を担ぐ。躰と躰がぶつかり合い、熱い汗が飛び散る。

「わあっ、御神輿だ」

祭りの夜は、村の男たちもいつもとは違う顔を見せる。

荒ぶる男たちに気圧《けお》されて、少し怖くなったのかもしれない。

茜が駿の腕に両手で摑まってきた。

物心ついたときから、兄妹《きょうだい》のように遊んできた幼馴染みだ。互いの肌に触れることなど、珍しいことではなかったが、今宵だけはいつもと何かが違って感じた。

茜の手のひらが、なんだかいつもより熱を持っているような気がする。

それは茜のほうも同じだったようだ。

「なんだか、すごいね」

「怖いか」

「少しだけ」

「もう、行くか」

「ううん。もう少しだけ、このままで」

二人のまわりだけ、時がゆっくりと流れる。

しばらく神輿を見物した後、駿は茜を連れて玉宮神社の境内を離れた。

茜を家まで送っていくことにする。

「ねえ、駿。見て」

田んぼの畦道《あぜみち》を歩いていると、小さな灯《あか》りが無数に飛んできた。

だんだんと数が増していく。

「蛍だ」

「綺麗ね」

蛍など、珍しくもない。夏の間は、村中のどこでも見ることができる。

それなのに、今宵だけは不思議と違って見えるのは、たぶん隣に浴衣姿の茜がいるからだ。

茜はどんな風に思っているのだろうか。

「ああ、綺麗だな」

「なんか、気持ちがこもってないなぁ。本当に綺麗だと思っているの」

茜が小さく頬を膨らませた。

「思ってるよ。綺麗だよ」

蛍より、茜のほうが綺麗だなんて、口が裂けても言えない。

「わかった。蛍より、茜のほうが綺麗だって、そう思ったんでしょう」

茜が舌を出して笑った。

どうして、わかってしまったのだろうか。

駿は目を見開いて、凍りついたように立ち止まってしまった。

「えっ、何。まさか、本当にそう思ってたの」

「い、いや……」

「うん。駿は正直だからなぁ。思っていることが、すぐに顔に出るんだよ」

「そうなのか」

「そうだよ。昔から、駿が考えていることは、すぐにわかったよ」

——そうだったのか。迂闊だった。

冷や汗が項《うなじ》を流れる。

「でも、そういう嘘がつけないところが、駿の良いところだよ」

「なんか、俺って馬鹿みたいだな」

「そんなことない。正直に生きるって、誰にでもできることじゃないよ」

茜が上目遣いで見上げるようにして、悪戯《いたずら》っぽい笑みをこぼした。

思わず視線をそらしてしまう。

「俺なんて涼に比べたら、まったく駄目さ」

涼の名を口にした途端に、今までの甘い気持ちが一気に萎《しぼ》んでしまった。

涼と自分は比べものにならない。学問や剣術は言うに及ばず、人としての器量が、足下にも及ばない。

涼はどんな困難で苦しいことでも、けっして諦めずに立ち向かう。一歩ずつ地道に歩みを進め、他の人の何倍も鍛錬を積んでいく。

それを涼しい顔でやり遂げてしまうので、誰もが涼は労せずに手に入れたと思っているが、本当は違う。

涼は、誰よりも尽力しているのだ。

駿だけがそれを知っている。だからこそ、涼には絶対に敵わないと思う。

「涼ちゃんと比べることはないよ。駿は誰でもない。駿なんだから」

「ありがとう」

駿は声を落とした。

茜に励まされると、余計に空《むな》しい気持ちになる。

駿と涼と茜の三人は、幼馴染みだ。兄弟姉妹のように、なんでも知っている。

駿が自分の値打ちをわかっているのならば、茜だって同じはずだ。

「何よ、その気の抜けたような返事は」

「慰めはいいよ」

「慰めなんて言ってない」

「涼と比べたら、俺なんて本当に駄目な奴さ。そんなことは村中の人が知っているよ」

「本当だもの」

「茜だけだよ。俺のことを慰めてくれるのは」

それはそれで嬉しい。

しかし、空しくて、せつなくもあった。

「慰めなんかじゃない」

「もう、いいよ」

「どうしたら、茜の言うことを信じてくれるの」

茜が、むきになる。

そんな茜を見ていたら、少しだけ意地悪をしてみたくなった。

「そうだな。本当に俺のことをすごいと思っているなら、くちづけしてほしいな」

さすがに、これは戯《たわ》けたことを言ったと思う。

茜が怒りだして、一人で帰ってしまうかもしれない。

「いいよ」

「えっ」

気がつくと、目の前に茜の顔があった。

駿の肩に両手をかけた茜が、爪先立ちをする。

あまりの驚きに、動くことができなかった。

柔らかな唇が触れる。

時が止まった。

遠くから風に乗って祭り囃子が聞こえる。

すべてが柔らかい。そして、優しい。

「はい。これでいい?」

それでもまだ、手を伸ばせば届くほどの近さに、笑顔の茜が立っていた。

三

「わたしが陣屋に出仕を許されたのですか」

涼は驚きを隠せずに身を乗り出した。

日ノ出塾の奥座敷で、師範の内田健史郎の前に座している。

健史郎の背後には、大小が刀掛けに置かれていた。

「前橋陣屋の川村《かわむら》様から、直々の書状をいただいた。涼の学才を聞き及んでのお取り立てとのことである」

川村仁左衛門《にざえもん》は、川越藩前橋分領を預かる代官だ。

「信じられません」

「学問、算術、剣術と、もはやおまえに教えることはないほどだ。何を臆することがあろうか。わたしの門弟で、おまえほど優れた者はおらん。まして桑の葉により玉宮村の百姓に大きな利をもたらした功績は、広く皆の知るところである」

「ありがとうございます」

涼は、両手をついて低頭する。

「明日の朝一番で、村名主の荒井清兵衛殿とともに、伝五郎のもとへ伝えに行くことになった」

「本当なのですね」

「日ノ出塾にとっても、誠に栄誉なことである」

「藩のお役に就《つ》くということは、わたしが侍になるということですか」

「うむ。そういうことになるな。家臣である上は、名字帯刀を許される」

「わたしが、侍に……」

膝の上に置かれた両の手は、喜びに打ち震えている。

「涼には、わたしの養子となって、内田家に入ってもらう。名も改めねばならないな。そうだな。涼の字を残して、涼介《りょうすけ》はどうだ。内田涼介だ」

「内田涼介でございますか」

「不服か」

「とんでもない。ありがたき幸せ。今のわたしがあるのも、先生のご指南あってでございます」

「わたしは一人身ゆえ、子がおらん。できれば日ノ出塾を継いでもらいたいところだが、お家に出仕となれば、それどころではないな。内田家のことは顧みることなく、お役目に励むことだ」

「わかりました」

「打刀と脇差は、わたしが拵《こしら》えてやろう。羽織袴は荒井殿に祝いとして仕立てさせればよい。玉宮村にとって、前代未聞の大出世だからな」

「先生のもとで、文武に励んできた甲斐《かい》がございました」

感極まったように、声を震わせた。

「松平《まつだいら》家に出仕するのだ。涼はどのような侍になるつもりだ」

「先生の教えを守り、御殿《おんとの》のために忠君を尽くす所存でございます」

「相変わらずだな。そのような、そつないことが聞きたいのではない。涼がどのような侍になりたいのか。生き様を尋ねておる」

涼が背筋を伸ばし、姿勢を正す。

「弱き民のための政《まつりごと》を支える侍となりたいです」

「うむ。その心は」

「天明三年の浅間焼けより五年になりますが、いまだ天地は荒れ、夏でも雹《ひょう》が降るほどの寒さにより作物は枯れて、酷い飢饉が続いています。民は重き年貢の責に喘《あえ》ぎ、水を啜りながら飢え苦しんでいるのです。御殿に弱き民の声をお届け致すのが、わたしのような下から取り立てていただいた者のお役目であると存じます」

「うむ。よくぞ申した。それでこそ、我が門下生である」

健史郎が満足そうに、口角をあげた。

「先生にお尋ねしてもよろしいでしょうか」

「なんでも訊くがいい」

健史郎は機嫌がいい。この機を逃さず、涼は思いを打ち明ける。

「先生の養子となり、内田の家に入るとなりますと、いずれは嫁をもらわねばなりません」

「なんだ。気が早いな」

「申し訳ございません」

「なあに、十五歳ともなれば、嫁を取るのも武士の務めよ。だが、出仕が決まったからには、陣屋の川村様のお許しがいるぞ」

武士の婚儀は、家と家を結ぶものである。故に、実のところはともかくも、藩士であれば表向きは藩に願い出た上で、許しを得ることが求められた。

もっとも、涼のような出仕が許されたばかりの下士では、よほどおかしな相手でもなければ、届出は形ばかりのものだ。

「名主様のところではいかがでしょうか」

「ほほう。荒井殿には娘が三人いたな。末娘とは幼馴染みだったか」

荒井家の三姉妹は、元は日ノ出塾の塾生である。

男子とは違い、女子は年頃になる前に通うことをやめてしまうが、美しく聡明《そうめい》な荒井家の三姉妹は、健史郎にとっても覚えめでたい塾生だった。

「お察しのとおりでございます」

「相分かった。村名主の家の娘ならば、内田家の嫁としても、不釣り合いというものではない。わたしから荒井殿には話をとおしておく」

「ありがとうございます」

涼は額を畳に押し当てた。

「ただし、祝言をあげるのは、陣屋への出仕の後、お役目に慣れてきた頃だな。来年の春あたりではどうだ」

「先生にお任せいたします」

「内田の家にとって、めでたいことが続くことになるな」

健史郎が恰幅《かっぷく》の良い躰を揺すって破顔する。

涼は両手をついて頭をさげながら、じっと畳の目を見つめていた。


川越藩前橋陣屋の奥書院の間。

「本日より出仕いたしました内田涼介でございます。若輩者ではございますが、精進して働きますので、何卒《なにとぞ》ご指導いただきたく存じます」

勘定組頭深山徳兵衛《とくべえ》の前に、涼介は両手をついて低頭した。

紋付きの肩衣に袴を穿《は》き、腰の帯には脇差がある。

どこからどう見ても、立派な侍に見えた。

「うむ。此度の出世は、代官である川村様の格別のはからいによるものだ。玉宮村の名主の荒井清兵衛の推挙もあってのことだからな。しっかりとお役目に励むのだぞ」

「ははっ」

「お主は年はいくつになるのだ」

「十五でございます」

「そうか。この前橋陣屋の家人《けにん》では、もっとも若年であるな」

「申し訳ございません」

涼介は恐縮して、再び頭をさげる。

「なあに、臆することはない。玉宮村の桑の葉による多大な利得は、すべてお主の献策であるということは、前橋陣屋においても周知のことよ。川村様もお主のことを、大いに当てにしておられる」

「ははっ。過分なお言葉、光栄にございます」

「うむ。ところで、お主は内田健史郎殿の養子となったそうだな。内田殿よりも、くれぐれもよろしくと、書状をいただいておる」

「深山様は健史郎先生をご存じでいらっしゃいますか」

「旧知の仲ではないが、川越から前橋に来てからは、何かと付き合いがある」

「そうでございますか」

涼介は顔をあげる。

これから上役となる方が、恩師である健史郎先生とも関係が浅くないのであれば、これほど心強いものはない。

「俺の息子が、このほど内田殿の塾で世話になったのでな」

「えっ」

川越の藩庁から前橋の陣屋にお役替えになった深山の息子——忠之信の顔が脳裏をよぎった。

すーっと、背中を冷たい汗が流れていく。

「まだ洟垂らしの若造ゆえ、面倒をかけることがあるやもしれぬが、ひとつよしなに頼んだぞ」

「ははっ」

床に額を押し当てた。

「ところで、お主には期することがある」

「如何様《いかよう》なことでございましょうか」

「うむ。領内の年貢の徴収において、陣屋と村落との架け橋になって欲しいのだ」

「架け橋で、ございますか」

涼介は驚きを隠せず、惚けたような表情のまま顔をあげる。

「まあ、言ってみれば、前橋陣屋勘定方の総代のようなものだ」

「わたしが、でございますか」

「お主こそが相応であると、川村様はお考えになられておる。此度の登用も、それを恃《たの》んでのこと」

「肝に銘じて、励みまする」

涼介の真剣な表情に、徳兵衛が満足げに頷いた。

「天明三年の浅間焼けから五年が経つが、未曾有《みぞう》の大飢饉が我が前橋分領にも続いている。相違ないな」

「ご推察のとおり、夏でも綿入れを着るほどの冷害により、毎年の不作は目を覆う有り様でございます。玉宮村でもあまりの不作のために、年貢はおろか、日々の暮らしの糧にさえ事欠くほどでございます」

「なるほど、馬は馬方、蛇《じや》の道は蛇であるな。百姓のことは、百姓の出自の者が一番良くわかっておるということか。勘定方として前橋分領内の村々を任せるのであれば、お主ほど適任な者はおらぬであろう」

「村のために働けるのでしたら、これほど励みになることはございません。身を粉にして働きます」

よほど機嫌がいいのか、徳兵衛は脇息《きようそく》にもたれかかりながら、ポンッと扇子で己の膝を打った。

「よくぞ、申した。あっぱれな心掛けよ。お取り立てされた川村様のお眼鏡《めがね》通りの才器であるな」

「身に余るお言葉にございます」

徳兵衛の物言いに、涼介は破顔する。

「お主も侍になったのだ。川村様のお引き立てに、しっかりと報いるのだぞ」

「御意にございます」

涼介は、三度低頭した。

「それでだが、お主にやってもらいたい役目であるが……」

ここで徳兵衛が一呼吸を置くと、

「……不作を言い訳として、年貢米の納入を渋る不届きな者が後を絶たず、川村様は代官として、いたくお困りになっておられるのだ。このような者たちから、しっかりと年貢を徴収してもらいたい。米一粒たりとも、ごまかすことのないように、厳しく取り立てるのだ」

厳命するように言い放つ。

涼介は驚いて顔をあげた。

「お待ちください。そのようなことをすれば、民の怒りは浅間焼けのごとく、激しく熱いうねりとなって当家に押し寄せましょう」

「百姓どもが一揆《いっき》を起こすと申すか」

涼介が唇を噛んだ。

「そのようなことも、ないとは限りません」

「馬鹿者！　一揆など、もっての外だ。良いか。川村様は、我が殿を公儀の重職におつけすることを悲願とされておるのだ。前橋は分領とは申せ、一揆など起これば、公儀の覚えがどれほど悪いものになるか、お主だってわからぬではなかろう」

幕府の政は、年貢によって成り立っている。

神君家康公が江戸に開府してから、およそ二百年。天下国家の御政道は、米が支えてきたのだ。それは武家にとって、これからも変わることがあってはならない。

「それでも、百姓だって生きているのでございます」

「年貢を納めぬ者は、生きるに及ばず」

「本気で申されているのですか」

「無論のこと」

「承服できませぬ」

「戯け者めが！」

徳兵衛が投げつけた扇子が、涼介の額に当たった。

皮膚が裂け、熱き血が噴き出す。

「どうか。ご再考を」

徳兵衛が立ちあがった。勢いで脇息が引っくり返る。

「しかと、申しつけたぞ」

徳兵衛は一瞥もくれずに、涼介を残して部屋を出て行ってしまった。

「内田様。申し訳ありませんが、無い袖は振れません」

涼介の前に、名主の荒井清兵衛が平伏《ひれふ》している。

涼介は玉宮村に名主の屋敷を訪ねてきていた。

「清兵衛殿。どうか頭をあげてください」

涼介は慌てて声をかけるが、清兵衛は床に額を押しつけたままだ。

「今や侍となられ、陣屋のお役人様でもある。儂ら百姓とは身分が違います」

「どうか、やめてください。二本差しとなろうとも、幼き頃より世話になったことは忘れてはおりませんから」

「そうですか。ならば、遠慮なく言わせていただきます……」

清兵衛が面をあげた。

その表情は、かつて一度も見たことがないほどに厳しいものだ。

「……今年の年貢でございますが、納めているだけで精一杯です。玉宮村からは、米一粒といえども、追ってのお渡しはできません」

「そこをなんとかなりませんか」

涼介も頭をさげる。が、清兵衛はゆっくり首を左右に振った。

「内田様のお役目は、承知しております。ですが、浅間焼けから五年、この村がどれほど苦しみ抜いてきたか、内田様なら骨身に染みてご存じのはず。内田様に献策いただきました桑畑も、やっと纏《まと》まった銭になりはじめ、村の百姓たちも命を繋ぐことができました。本当にありがたいことだと、村人の中には、内田様に手を合わせて拝む者もおるほどです。にもかかわらず、内田様は村の百姓たちの家をまわり、滞っている年貢を厳しく取り立てていると聞きました」

「わたしは何も、厳しくなどはしておりません」

「ほほう。噂話《うわさばなし》は間違いであるとおっしゃるのですか」

涼介を射抜くかのように、清兵衛の鋭い視線が向けられる。

「わたしはただ、年貢を正しく納めていない者に、お願いをしているだけです」

「本気で言っておるのですか」

「だって……」

涼介は言いかけて言葉に詰まるが、

「……年貢を納めるのは百姓の務めです」

それでも無理に吐き出した。

「内田様は、本当に偉くなられましたな」

清兵衛が寂しそうに目を伏せる。

「あなたが駿と二人でやってきて、百姓を幸せにすることが名主の仕事だと教えてくれたんですよ」

「それは……」

「まだ、団子を食えるようにはなっていません」

清兵衛の指先が震えていた。

「それでも……年貢は納めてください」

血を吐くように言葉を口にする。

「そうですか。わかりました。玉宮村で滞っている年貢は、どんなことをしてでも納めるように致します」

「大丈夫なんですか」

「来年の作付けのための種籾だろうが、自分たちが口にする分のわずかな残りだろうが、掻き集めるようにしますから」

「もし、どうしても難しいようでしたら――」

「年貢は納めます。だから、お引き取りください」

それを最後に、清兵衛は口を閉ざしてしまった。

――これが俺のやりたかった仕事なのか。いったい、なんのために侍になったんだ。

涼介は爪が手のひらに食い込むほどに、両拳を固く握り締めた。

清兵衛の屋敷を訪れた日から、涼介は勘定方の書庫に納められてあったあらゆる帳面を調べ続けていた。昼夜を問わず、まさに寝食を忘れて没頭した。

玉宮村は飢饉に苦しんでいる。

それでも乾いた雑巾を絞るようにして年貢を納めてきたのだ。さらに追徴を強いれば、村人の命をも脅かすことになる。

なんとかして、村を救いたい。苦しんでいる村人たちの力になりたかった。

役人になったばかりの己にできることなど、高が知れている。それでも諦める訳にはいかなかった。

——どんなことでもいい。俺にできることはないだろうか。

疲れに霞《かす》む眼を擦りながら、必死になって帳面を捲《めく》った。

調べはじめて五日目のことだ。

「こ、これはいったいどういうことだ」

涼介は、二冊の帳面を睨みつける。

年貢勘定帳と米蔵の収蔵簿を並べて調べてみると、そこに書かれた数がどうしても合わないのだ。

この五年の間に領内の村々から納められた年貢米と、陣屋の米蔵に蔵する米の量に、大きな相違が出ている。

それも年を追うごとに、差は増えていた。

初めは己の勘違いではないかと思った。

そこで帳面を端から端まで幾度も見返して確かめてみたのだが、やはり数が合わない。

「石田《いしだ》様。お尋ねしたいことがございます」

勘定方の上役である石田小伍郎《こごろう》が、昼間から欠伸《あくび》を嚙み殺しながら、

「なんだ、新入り。どうかしたのか」

面倒くさそうに返事をした。

「どうにも、わからぬことがございまして」

年貢米の徴収を記したものと米蔵の収蔵を記したもの。涼介は、石田の前に二冊の帳面を広げる。

小伍郎の顔色が変わった。

涼介はそれを見逃さない。

胸騒ぎがした。

「俺は何も知らぬ」

小伍郎が目線を逸らす。

「まだ、わたしは何もお尋ねしておりませんが」

「そ、そうであったかのう」

小伍郎が懐から懐紙を取り出すと、上手く髷が結えぬほどに髪が薄くなった頭を幾度

も拭いた。

見れば、尋常ならぬほどに、脂汗が浮いている。

「いかがなされましたか。ご気分でも悪いのでしょうか」

「なんのことだ」

「顔色が悪いようでございます」

「いらぬ気遣いだ。俺はなんともない」

小伍郎が不機嫌を隠さず、吐き捨てるように言った。

「これはご無礼を致しました。では、改めてお尋ねいたします。領内の村々から納められた年貢米と、陣屋の米蔵に蔵する米の量に、大きな相違が出ております。しかも、その差異は年を追うごとに大きくなっています。五年まで遡って調べましたが――」

涼介の言葉を遮るように、

「間違ってなどおらん！」

小伍郎が声を荒らげる。

「しかしながら、年貢として徴収した米俵の数より、米蔵の米俵の数が少なくなっているのです」

「勘定方といえども、多少の数え間違いはあるだろう」

「恐れながら、多少ではございませぬ」

小伍郎は顔を顰《しか》めると、

「おい、新入り。ひとつ、おまえに教えてやろう。侍がもっとも大義とするものは、忠孝である。わかるか」

涼介を睨みつけた。

「はい。わかります」

「前橋陣屋の勘定方を取り仕切られておるのは誰だ？」

「勘定組頭の深山様です」

「この二冊の帳面は、どちらも深山様が確かめられた上で、署名をされている。ということは、そこに記されていることが正しいということだ」

「お待ちください。米蔵の米俵の数を記した帳面が正しいとすれば、膨大な米がどこかに消えてなくなったということになります。それを見て見ぬふりをしろと申されるのでしょうか」

「帳面に書かれていることがすべてだ」

「その帳面が改竄《かいざん》されているのですよ。真《まこと》が書き替えられているのです」

「俺の与《あずか》り知らぬことだ」

話はこれまでとばかりに、小伍郎が立ちあがる。

「石田様。お待ちください」

小伍郎の袖を摑むが、その手を激しく振り払われた。

「余計なことに首を突っ込むな。おまえは仕事を覚えることだけを考えておれば良いのだ」

そう吐き捨てるように言うと、小伍郎は振り返ることなく部屋を出て行く。

残された涼介は、しばらくの間、二冊の帳面を見つめていた。

――そうだ。米蔵を調べてみよう。

帳面を懐に入れた。

奥書院に行くと、米蔵の錠前を開ける鍵を持ち出す。本来ならば勘定組頭である深山の許可がいるのだが、幸いにして姿がないので、勝手に持ち出した。

陣屋に米蔵は七つある。順を追って、ひとつずつ調べていった。六つ目までは、帳面に記されていることに間違いはなかった。

収蔵の帳面では、ここまでで終わりということになる。

「ここが最後か」

錠前の鍵穴に鍵を挿す。重い扉に手を掛け、力を込めて開けた。

七つ目は囲い米（備蓄米）を収蔵するための米蔵なのだが、五年前から続く飢饉のためにすべて放出され、今はすっからかんだった。

いや、そのはずだった。

「なんだ、これは！」

大きな米蔵に、尋常ならざる量の米俵が積まれていた。その数は、天井に届くほどである。いったいどれほどあるのか、数えることもままならぬほどだ。

あるはずのない米。そうではない。あってはならない米だ。が、それは確かに目の前に積まれていた。

「そこで何をしておるのだ」

背後から声をかけられた。

驚いて振り返ると、川村仁左衛門が立っていた。

「川村様。この米は、いったいどういうことでしょうか」

本来ならば陣屋の代官である川村には、口を利けるような身分ではない。が、地に片膝をつきながらも、問い質《ただ》していた。

涼介の無礼を咎めることはなかったが、

「お主は知らなくてもよい」

川村が冷たく言い放つ。

「帳面に記されていない米が、これほどたくさんあるのは、如何なる訳でございましょうか」

それでも涼介は怯むことなく、食いさがった。

「今一度申し伝える。これはお主が知ってはならぬものなのだ。何も見なかったことにして、すべてを忘れよ」

有無を言わせず、厳しい下知をする。

「領内は飢饉が続き、百姓たちは年貢を納めるために、水を啜るようにして暮らしています。にもかかわらず、ここには帳面にも載らぬ米が、山と積まれております。これをすべて忘れよと申されるのですか。得心がいきませぬ。その訳をお聞かせください」

涼介は川村を睨み返した。

「お主、名はなんと申すのだ」

「内田涼介と申します」

「ほほう。お主が玉宮村の涼介か」

「ご登用いただき、誠にありがとうございました」

礼は口にするが、表情は変えない。

「そうか。お主がのう。ならば致し方ない。教えてやろう。儂は、我が殿を公儀の重職におつけしたいのだ」

「直恒《なおつね》公を幕政にですか」

「川越藩は元より江戸の守りの要であった。天領であったのを改め、将軍家の譜代の家臣が大名として治めるようになった。歴代の藩主は上様の信が厚く、これまでも大老や老中を担ってこられたのだ」

「大老でございますか」

今の武蔵国川越藩の藩主は、松平直恒である。

初代藩主の松平朝矩《とものり》の次男だったが、兄が他家の養子となっていたため、嫡男として明和五年（一七六八）に父の死去にともない家督を継いだ。

安永《あんえい》八年（一七七九）に元服して、今に至っている。

「殿のご出世は、ご先代よりの悲願なのだ」

初代川越藩藩主の松平朝矩は、寛延《かんえん》元年（一七四八）に、父の急逝により十一歳の若さで姫路《ひめじ》藩を継いだ。

ところが姫路藩は西国の外様《とざま》大名への抑えの要衝であり、藩主が幼くて頼れぬとあれば他国に国替えすることが、幕府の慣わしとなっていた。

曽祖父《そうそふ》の松平直矩《なおのり》も、幼少のために姫路藩から越後《えちご》村上《むらかみ》藩に転封された因縁があった。

朝矩も十一歳という若年を指摘され、かねてから大藩である姫路藩に食指を動かしていた前橋藩主にして幕府の老中首座であった酒井《さかい》忠恭《ただずみ》に、奪われるようにして交代を命じられたのだ。

移封先の前橋藩は、利根川の洪水により毎年のように大きな被害を受けていて、財政においては政が難しい地にあった。

　前橋城も利根川の激流によって城郭が浸食され続け、朝矩の頃には本丸まで浸水して居住さえ困難な有り様だった。

　朝矩はさらなる財政悪化により居城の修復を諦め、幕府の許可を得て、藩庁を前橋から川越に移して川越藩としたのだ。

　前橋城は廃城として、その領地は川越藩の分領となった。前橋には陣屋を置いて、代官支配としている。

「殿には、如何なる手を使ってでも、幕府の重職についていただく。それが二度にわたって姫路を追われた我らの悲願なのだ」

「それとこの米と、どのようなかかわりがあるのですか」

「ふん。わからぬか。この米を売って得た金を、老中への賄《まいない》とするのだ」

　川村が不敵な笑みを浮かべる。

　朧気《おぼろげ》にしか見えなかったものが、次第に姿形を現しはじめた。

「わたしを侍に取り立ててくださったのは、そんなことのためだったのですね」

「桑の葉の一件により、お主が百姓たちの信を得ていることは聞いておった。年貢を出し渋る百姓たちに、一粒でも多くの米を納めさせるには、お主に勘定方として徴収させるのが良いと思ったのだ」

「わたしは愚かでした」

侍になって百姓を助けるどころか、幕府への賄づくりを手伝わされていたのだ。

「百姓は生かさぬよう殺さぬようとは、江戸に幕府を開府した神君家康公の言葉だ」

「百姓だって、必死に生きております」

「悪いことは言わぬ。お主もせっかく侍になったのだ。賢くなれ」

川村の言葉に、涼介は言い返すことができなかった。

四

「お里婆ちゃん。水を汲みにきたよ」

駿は、里の家を訪ねた。

こうして何かにつけて、里の様子を見に来ていた。それでも畑の収穫で忙しい日々が続き、里の家を訪れるのは一月ぶりになる。

人懐っこい年寄りだ。しばらく来てやれなかったので、さぞや寂しがっていることだろう。今日は元気づけてやるつもりだ。

「裏の山でさぁ、とっても美味そうな平茸を見つけたんだ。ほら、見てくれよ。こんなにたくさん採れたんだぜ」

背負ってきた竹籠を土間におろすと、勝手知ったる家に入って行く。

だが、いつもなら喧《やかま》しいほどの里の声が、この日に限っては聞こえてこなかった。

「お里婆ちゃん。駿だよ」

障子を開けて、中を覗く。

土間をあがると、一間しかない小さな家だ。

板の間に、里が床を敷いて寝ていた。

どうも様子がおかしい。

「どうしたんだ」

駿は草鞋《わらじ》を蹴り飛ばし、里の元に駆け寄る。

里が目脂《めやに》で埋もれた眼を、薄《うっす》らと開けた。

「ああ、駿ちゃんか」

弱々しい声で応える。

「具合が悪いのか」

里が小さく首を左右に振った。

「もう、いいんだ」

「何がいいんだよ」

「爺さんのところへ行くことにしたんだ」

里の夫は、十年も前に亡くなっていた。

「馬鹿なことを言うなよ」

「爺さんが残してくれた田畑は、浅間焼けでだめになっちまった。灰で痩せた畑では、種を蒔いても何も穫れやしねえ。今年も年貢を払えそうにないんだ。もう、お役人様に迷惑はかけられねえよ」

よく見れば、里は朽ちた枯れ木のように、骨と皮ばかりに痩せ細ってしまっている。

「お里婆ちゃん。いつから食べてないんだよ」

「覚えてねえ」

どうして、もっと早く気づいてやれなかったのだろうか。

せめて、もう数日早く来ていれば、これほどまでに衰弱することはなかったはずだ。

悔いても悔やみきれない。

もう五年も飢饉が続いていた。行き倒れの屍をたくさん見てきた。

里の様子を見れば、命の灯火が尽きようとしていることは一目瞭然だった。

「涼がお侍になったんだ。お里婆ちゃんだって知ってるだろう。俺たちの村の涼が、偉いお役人様になったんだよ」

「ありがたいことだねぇ」

里が嬉しそうに笑みを浮かべる。

「お里婆ちゃんの年貢を待ってもらえるように、俺が涼に頼んでやるよ。なぁに、心配はいらねえ。涼だったら、きっとお里婆ちゃんのことを助けてくれるさ。そうさ、いつだって涼は俺たちの味方だったんだから」

里が弱々しく手を伸ばしてきた。

その手を、しっかりと握ってやる。

乾いた肌は冷え切り、まるで人のものではないかのようだ。

「死ぬことは、ちっとも怖くねえよ。だって、爺さんに会えるんだから」

「お里婆ちゃん……」

歯を食いしばるが、頬を熱い涙が流れてしまう。

「ああ、爺さんに会いてえ。楽しみだなぁ」

そう言って、里は静かに瞼《まぶた》を落とした。

すでに息をしていない。

「なんでだよ。こんなことってあるかよ」

駿は里の亡骸を前に、いつまでも泣き続けた。

日ノ出塾の道場の格子窓から、上弦の月が覗く。

駿は涼を訪ねた。

「久しぶりだな。元気にしているか」

言葉とは裏腹に、その声が氷のごとく冷え切っていることが、自分でもわかる。

「ああ」

涼が目を伏せる。

「たまには家に帰って来いよ。おじさんもおばさんも、涼のことを案じているんだぜ」

「今の俺は内田涼介だよ。俺の家はここなんだ」

涼がゆっくりと首を左右に振った。

「そうだったな。おまえはもう侍になったんだもんな。涼が侍になりたいなんて言い出したときは、本当のことを言うと、さすがに無理なんじゃないかって思ってたんだ。でも、やり遂げちまったな」

「駿……」

「おまえは俺の自慢の友だよ。まあ、俺なんかに自慢されたって、大したことはないかもしれないけどさ」

「皮肉のつもりか」

涼が上目遣いに睨み返してくる。

「お里婆ちゃんが亡くなったよ。年貢が納められずに、ずっと悩んでいたそうだ。最期は爺様のところへ行くことを決めたと言っていた」

「お里婆ちゃんが、そう言ったのか」

涼の顔に明らかに動揺の色が走った。いや、どうだろうか。そうあって欲しいと思う、己の勝手な思い込みかもしれない。

「どうして俺の目を見ないんだよ」

「何が言いたいんだ」

「おまえのこと、良い噂を聞かないぞ」

「どんな噂だよ」

涼が強い眼差しを向けてくる。

「年貢を厳しく取り立ててまわっているそうじゃないか」

「それがどうしたって言うんだ」

「涼、おまえ……」

「ここは殿の領地だ。殿が治めておられる。そこで暮らす百姓が年貢を納めるのは、当たり前のことだろう」

「わかっているさ。でも、浅間焼けから五年、どれほどの飢饉に襲われているか、一緒に田畑を耕してきた涼が、一番良くわかっているんじゃないのか」

「わかっているさ。でも、これが俺のお役目なんだ」

「今年の冷害は、殊更にひどかった。もうすぐ新米の刈り入れだが、このまま年貢を納めたら、来年の作付けの種籾も残せないし、百姓が生きるために食べる米もなくなっちまう。涼からお代官様に、今年の年貢を少しでも減らしてもらえるように、頼んでくれないか」

涼なら、きっとわかってくれる。

「そんなこと、できる訳がないだろう」

道場に涼の乾いた声が響きわたる。

「十兵衛《じゅうべえ》さんや孫作《まごさく》さんや伝蔵《でんぞう》さんたちが、みんなでお代官様に訴えに行くって寄合を開いているらしいんだ」

「一揆か」

さすがに涼の顔色が変わった。

米による支配は、幕府の政の根幹である。それを揺るがす一揆は、もっとも厳しく取り締まられる。

喧嘩両成敗だ。一揆を起こせば、藩も百姓も厳罰を免れない。

「名主の荒井様が必死になって止めようと説き伏せているけれど、このままではどうなるかわからない」

「そんなことをしたら、厳しい処罰が待っているんだぞ」

「みんな、死罪は覚悟の上なんだよ。飢え死にするか、磔《はりつけ》になるか、どうせ死ぬなら、戦って死にたいと言っている」

駿も、思わず声を荒らげてしまった。

「そんなの犬死にだ」

涼が道場の中を行ったり来たりと歩きまわる。

「一揆を止められるのは、涼しかいないんだ。お代官様にお願いしてくれよ」

「そんなことをしても無駄だよ」

涼が首を垂れた。

「どうしてだよ。やってみなくちゃわからないだろう」

「駿は知らないから、そんなことを言えるんだ」

「何をだよ」

涼が深く息を吸うと、ゆっくりと吐き出していく。

「陣屋の蔵の中を見たんだ。天井まで高く積まれた米俵があった。隠し米だ」

「なんだよ、それ」

「帳面をごまかして、密《ひそ》かに蓄えている米さ」

「そんなものがあるんなら、年貢を待ってもらえるんじゃないのか」

駿は涼の襟を摑み、躰を揺すった。

「だめだよ。あくまでも闇の米なんだ。これを息のかかった札差に闇で売って、裏金に換えるんだ」

「その金はどうなるんだ」

「殿が奏者番《そうしゃばん》に出世できるように、老中たちへの賄に使うのさ」

「ふざけるなよ。そんなことが許されるのか」

握った拳で、涼の胸を叩く。

涼が顔を背けた。

「政には金がいるんだ」

「どういうことだよ」

「殿が出世されれば、お家にとっても良いことなんだ。まわりまわって、おまえたち村の民にも、きっと利があるはずだ」

「おまえ、本気で言っているのか」

「当たり前だろう。もう俺は、侍なんだぞ」

「見損なったぞ！」

怒りに任せて、涼の頬を思いっきり殴りつけた。

「うるせえ！　駿に俺の気持ちがわかるか！」

声を荒らげて、涼が摑みかかってくる。勢いよく拳が飛んできて、激しく頬を殴られた。口中に血の味が広がる。

幼い頃に喧嘩をしたことはあった。しかし、涼がここまで大音声をあげ、乱暴を働いたのは初めてのことだ。

「おまえは百姓を助けるために侍になったんじゃないのかよ」

涼と激しく揉み合う。頬を涙が流れる。が、それは殴られた頰のせいではなく、胸を切り裂かれるような痛みのせいだ。

「俺一人に何ができるというんだ」

「涼は、いつだって俺たちを助けてくれたじゃないか。玉宮村の神童って言われて、おまえはなんだってできたはずだ」

「俺は神童なんかじゃない」

「おまえは凄い奴だよ。涼は俺の憧れだった」

「違う。俺は、そんなんじゃないんだ」

「おまえならできる。村を助けてくれ。百姓のために働いてくれ」

「うるさい。俺は侍なんだ！」

「ふざけるな！」

渾身の力を込め、涼の頰を殴りつけた。

涼の躰が道場の床の上を吹っ飛んでいく。

「殴りたければ、いくらでも殴れ。それでも俺は侍として生きるんだ」

涼が睨みつけてくる。

駿は泣きながら、固く拳を握り締めた。


玉宮村で一揆が起きたのは、それからわずか五日後のことだ。

両隣の村とも合流して、百姓たちは手に武器や農具を持って、陣屋に押し寄せた。

その数は百人を超えたが、川越藩の動きは思いのほか速く、一揆はたったの三日で鎮圧されてしまった。

首謀者七名は捕らえられ、川越に送られることなく、その場で斬首となった。

一切のお取り調べがなかったのは、幕府に対して事が漏れることを恐れたためだ。

すべてはなかったこととして処分された。

一揆を止めることができなかった責を問われ、村名主の荒井清兵衛も死罪となる。

荒井家は名主の返上を命じられ、地主としての領地のすべてを藩に没収された。

財産のすべてを奪われては、もはや逃散しか道は残されていない。

「大丈夫か」

明日葉の下で、駿は茜を抱き締めた。

「父様が死罪になって、母様は寝込んでしまったの。元々躰が弱い人だったから、父様がいなくなって、生きる気力を失ってしまったみたい」

茜の小さな躰が震えているのは、夜の冷え込みのためだけではない。

駿はまわした腕に、さらに力を込めた。

「奉公人にはすべて暇を出して、残ったわずかな畑は兄様が耕していくって言ってるけど、どうなるかはわからないわ。これからは食べていくだけでも、やっとの暮らしになると思う。姉様たちは毎日泣いて暮らしているの」

「俺に手伝えることがあれば、なんでも言ってくれよ」

茜は静かに首を横に振る。

「夜逃げをしようにも、躰の弱い母様や姉様たちは、ここでしか生きていけないから。わたしがしっかりするしかないと思ってる」

「大丈夫だよ。きっと、なんとかなるさ」

「ううん。このままじゃ、どうにもならない。母様や姉様たちを守れるのは、わたしだけなの」

茜の顔には、悲壮な覚悟が滲み出ていた。

今まで、こんな茜は見たことがない。胸騒ぎがした。

「茜。どういうことだよ」

「川越に角廣《かくひろ》という大店の呉服屋があって、大旦那様がわたしに妾奉公人《めかけほうこうにん》にならないかって言ってくださってるの」

「な、何を言ってるんだよ」

「わたしが妾になれば、五十両の支度金を出してくださるんだって」

「そんなのだめに決まってるだろう」

思わず声を荒らげてしまう。

「駿は、止めてくれるんだね」

「当たり前じゃないか。いいか。馬鹿なことはするなよ」

「ありがとう」

茜が笑いかけてくる。

でも、その顔は少しも笑っているようには見えなかった。

——俺がなんとかするから。

そう言いかけた唇を、茜の柔らかなそれで塞がれた。

溢れ出ようとしていたたくさんの言葉が、茜の柔らかな唇に押し止められてしまう。

茜の躰が、するりと腕の中から消えた。

慌てて捕まえようとする。が、気がつけば茜の姿はなくなっていた。

それでも茜の温もりだけは、まだ残っている。

駿は明日葉の下に一人で立ち竦んでいた。

五

前橋陣屋の中庭にある白州。

ここでは代官により罪人を詮議する評定が行われる。

敷かれた筵の上に、縄を打たれた内田涼介——涼は伏していた。

「面をあげよ」

涼は躰を起こす。川村仁左衛門に向けられた顔は晴れやかに澄んでおり、咎人のそれには見えないはずだ。

「川村様に申しあげたき儀がございます」

「当家の大事なる囲い米を横領しておきながら、この期に及んで命乞いをするか。所詮は下賤《げせん》の身なれば、縄を打たれてもなお、見苦しいものよのう」

仁左衛門が憎々しげに睨めつけた。

「お言葉ではございますが、わたしは元は百姓といえども、すでに名字帯刀を許された侍でございます。当家の末座に侍《はべ》る者として、御殿に身命を賭して忠義を尽くす思いは、如何なる時でも変わるものではございませぬ」

「盗《ぬす》っ人《と》猛々《たけだけ》しいとはこのことよ。開きなおるか」

ついに怒りにまかせて、手にしていた扇子をへし折ってしまう。

「わたしは、米一粒たりとも、盗んではおりません」

「嘘を申すな。おまえが蔵の米を川越の札差に売り払ったことは、調べがついておるのだ。言い逃れは許さぬぞ」

蔵にあった隠し米を、涼は勝手に処分してしまったのだ。

涼は、その罪を問われて縄を掛けられている。もっともその隠し米とは、仁左衛門が藩主松平直恒を幕府の奏者番に出世させるために、老中たちへ贈る賄として蓄えられたものだった。

「それは何かの間違いでございます。今一度、お調べください」

「では、おまえの上役である勘定組頭深山徳兵衛が、嘘を申しているというのか」

厳しく問われても、涼は顔色ひとつ変えることなく、背筋を伸ばしてまっすぐに前を見ていた。

「前橋陣屋の領内から集めた年貢米につきましては、すべて年貢勘定帳に記載されております。わたしをはじめ、お役の者たちが漏れなく記帳し、勘定組頭である深山様のご差配の上で、川村様もこれをお認めになるご署名をされております。そうではございませんか」

「うむ。だから、何を言いたいのだ」

「前橋陣屋が取り扱う米におきましては、年貢として集めた米も、札差に売って金銭に換えた米も、一俵どころか一粒さえも漏らすことなく、出し入れについて年貢勘定帳に記されております。はて、わたしが横領したとされる米とは、いったい如何なるものにございましょうか。年貢勘定帳に載っておらぬ米など、勘定方であるわたしは見た覚えがございませぬ。川村様は、いったいどのような米の行方についてお尋ねになられていらっしゃるのでしょうか」

「な、なんだと」

仁左衛門の顔が蒼白になったかと思うと、みるみるうちに茹で蛸のように真っ赤に上気した。

「浅間焼けから五年。降り積もった灰により田畑は痩せ衰え、大雨により夏でも綿入れを着るほどの寒さが続いております。酷い飢饉に苦しむ民百姓は、それでも必死になって土に鍬を打っております。そうして収穫されたわずかな米を掻き集めても、年貢には足らないのでございます」

「百姓など、稗や粟を食えばいいのだ」

「すでに粟や稗さえも足りませぬ。百姓は水を啜り、芋の蔓を齧って、飢えを凌《しの》いでおります」

「ふん。それが百姓というものだ」

仁左衛門が唾棄するがごとく言い放った。

涼は表情を変える。菩薩《ぼさつ》のように穏やかだった顔から一転、あたかも仁王像のように怒りを露わにし、仁左衛門を睨みつけた。

「御殿に公儀の重職にお就きいただくことが、川村様の悲願であると伺いました」

「如何にも。おまえも玉宮村の神童とまで言われた才のある者なら、世の道理というものを心得ておるであろう」

「世の道理とは、如何なるものでございましょうか」

「正しき世を造るためには、正しき政が必然なのだ。そして、正しき政には、金が入り用となる」

仁左衛門が平然と言ってのける。

「川村様がお探しの米とは、その正しき政のためのものであると言われるのですか」

「そのとおりだ。私利私欲のためではない。御殿の出世のためである……」

ここで仁左衛門が表情を和らげた。

「……のう、内田涼介よ。あの米をどうしたのか、正直に話してはくれぬか。事によっては、おまえの罪一等を減じてやってもよい」

が、涼はゆっくりと首を左右に振った。

「元よりこの命、惜しむものではございません」

「死罪となっても良いと申すか」

「なんと申されましても、年貢勘定帳に載らぬ米など、当家の蔵には一俵たりともございません。知らぬものは知らぬとしか、お答えのしようがありませせん」

「そこまで申すか！」

仁左衛門が烈火の如く怒りをぶつけてくる。

が、涼は前にも増して眉根を吊りあげ、憤怒の形相で睨み返した。

「政とは、弱き民を助けるためのものでございます。民が飢え苦しむことのない世を造ることこそが、正しき政ではないのですか」

「代官である儂に意見するか！」

「わたしの幼馴染みが、いつもこのようなことを申しておりました。辛いことは誰かと分けると半分に減るが、幸せなことは誰かに分けても倍に増えると。あいつには、教わることばかりでした……」

涼が空を見上げ、遠い目をした。

どこまでも澄んだ青空が広がっている。

「……川村様にお願いでございます。どうか、領民を助けてやってください」

涼は後ろ手に縄を打たれたまま、深々と頭をさげた。

「最後にもう一度だけ訊く。あの米はどうしたのだ」

涼は、ゆっくりと顔をあげる。

「知り申さぬ」

その顔は、晴れやかな笑顔に戻っていた。

*

六月後。

駿は十六歳になっていた。

「どうして、涼はこんな大それたことをしたのでしょうか」

内田健史郎に問いかける。

日ノ出塾の道場で、二人は座して向き合っていた。

「あれほど道を外れることを嫌っていた涼が、罪を問われるようなことをしたのだ。それだけの覚悟を持ってのことであろう」

駿は己の頬に手を当てた。涼に殴り返されたときの痛みが蘇る。

「先生は、大丈夫なのですか」

本当ならば、養父である健史郎や実父である伝五郎も、連座して投獄されてもおかしくなかった。

家族が犯した大罪は、身内にも咎めが及ぶことになっている。

「涼は、米を売って作った金を、領内の村に利子を取らずに貸し付けていたそうだ。一文たりとも己の懐には入れてなかった。これだけ飢饉が続いているにもかかわらず、今年の作付けが無事にできるのは、涼が貸し付けた金で種籾が買えたからだ。それがなければ、今年も凶作を覚悟せねばならなかっただろう」

「涼が百姓たちを助けたんですね」

「助けたのは、百姓ばかりではない」

「どういうことでしょうか」

「いくつかの村では、再び一揆の支度をしていたこともわかったのだ。涼が村に金を貸し付けたことで、一揆は見送られることになった。再び一揆が起これば、もはや公儀に隠しとおすことは叶わなかったであろう」

「涼は、藩も救ったのか」

驚きを隠せぬ駿の言葉に、健史郎が深く頷いた。

「藩の米を勝手に売り払ったことはまちがいない。だが、表向きにはあるはずのない米だったのだ。藩も大事《おおごと》にはできない。それに貸し付けた金で買った種籾で、飢饉にもかかわらず無事に作付けができるのだ。秋に米が実れば、百姓は年貢を納めることができる。藩も百姓も救われたのだ。だから、わたしも伝五郎も一切のお咎め無しということになった」

「では、涼の罪も許されるのですか」

思わず身を乗り出す。が、健史郎の表情は固いままだった。

涼は、いまだ陣屋の牢屋《ろうや》に繋がれている。

「貸し付けの証文によれば、金がすべて戻るのは十年も先だそうだ。勘定は千両にも及ぶとのこと。涼には、すでに切腹の沙汰がおりている。もはや、これが覆ることはあるまい」

「そんな……」

「斬首とならなかっただけでも、藩による格別なはからいなのだ。侍として、腹を切って立派に死ねるのだからな」

「涼はみんなを幸せにするために働いたんですよ。どうして咎めを受けなければいけないんですか」

「これも、涼が望んだことだ」

健史郎が悔しげに口を引き結んだ。

「涼は、なんで侍なんかになったんですか」

強く握った拳を、おもいっきり床に叩きつける。

皮が破れて血が滲み出ても、少しも痛みを感じなかった。

「牢の中の涼から、駿に宛てた文を預かってきた」

健史郎から書状をわたされた。

「ありがとうございます。後で、一人で読ませていただきます」

駿は書状を懐にしまうと、涙を拭いながら立ちあがった。


明日葉の下で、涼からの文を開く。

物心ついた頃から、この桜の古木の下には、いつだって涼と茜と三人で集まっていた。

話すことは他愛のないことばかりだったが、三人で一緒にいれば、それだけで楽しかった。

いつまでも、そんな日々が続くものだと思っていた。

もう、この木の下に来ることができるのは、駿だけになってしまった。

茜の家族は逃散して行方知れずとなり、大きな屋敷には新たな村名主が暮らしている。

今はどこでどうしているのかもわからない。

子供の頃は、まさかこんな日が訪れるとは、夢にも思わなかった。

涼の文に目を落とす。

短い文だが、そこには涼の丁寧な字で思いの丈が綴《つづ》られていた。

少しの乱れもない美しい字だ。
涼の覚悟が知れる。
読んでいるうちに手が震え、文字が滲んで見えた。

此度の仕儀、さぞや皆は案じていることだろう。
しかしながら、俺は小指の先ほども悔やむことはない。
何故、このような次第に立ち至ったのか、駿だけはわかってくれると信じている。
駿に殴ってもらえたおかげで、俺は人としての道を踏み外さずにすんだ。
礼の申しようもないと思っている。
俺たちは兄弟のように育った。如何なる時も一緒だった。
駿は気づいていなかったかもしれないが、俺はいつもおまえを見ていた。
俺は、駿のようになりたかった。
最期に望みが叶ったことは、本当に幸せなことだと思っている。
駿よ。いつまでも駿らしくあれ。

「ああっ。涼よ！」
思わず声をあげていた。熱き涙が止まらない。文を持つ手が震えた。

心から尊敬し、友として信頼してきた涼が、免れぬ死を前にして、駿のようになりたかったと伝えてくれたのだ。

いつまでも駿らしくあれ、と。

「涼。俺とおまえは、これからもずっと一緒だからな。涼がたくさんの人を助けようとしたみたいに、俺がおまえの分まで、頑張って生きるよ」

駿は手にした文を胸に抱き締めた。

「やっぱり、ここにおったか」

声がして、駿は顔をあげる。そこに杖をついた梨庵が立っていた。

「梨庵先生。どうしてここに？」

「ふんっ。忘れたのか。俺は人の気が読めるのだ。寺にいたら、何やらおまえに呼ばれたような気がしたのだ」

駿は、慌てて着物の袖で涙を拭く。

目の見えぬ梨庵だが、どうせ泣いていたことはわかっているはずだ。それでも頬を濡らす涙を拭いたかった。

「俺を先生の弟子にしてください」

「なんだ。藪から棒に」

「違います。涼の母ちゃんを助けていただいたときから、実はずっと考えていたんです」

「うむ。それで弟子になってどうする？」

「鍼灸医になりたいんです」

「何故、鍼灸医を志すのだ」

「医者は薬で病を治します。それでは駄目なんです」

「どうしてだ」

「俺は、薬が買えないような貧しい人たちを助けたいんです……」

涼は命を投げ打ってまで、貧しい人たちを救おうとした。自分にはそこまではできないかもしれない。それでも目の前に苦しんでいる人がいたら、手を差し伸べてやりたいと思った。

「……鍼灸医なら薬を使わなくても、鍼で人を助けることができるんですよね。お願いです。俺に鍼を教えてください」

「そうか。貧しき人を救いたいか。それで鍼灸医になりたいと申すか」

このところの梨庵は、廃寺に住み着いたまま、病や怪我を負った村人たちの治療をして、その謝礼としてわずかばかりの食べる物を得ていた。村人たちから、すでに涼のことも耳にしているかもしれない。

「辛いことは誰かと分けると半分に減るけど、幸せなことは誰かと分けると倍に増えるんです」

駿の言葉に、梨庵が見えぬはずの眼を見開いて、しっかりと頷いてくれた。

そのときだ。

「えっ！」

一片《ひとひら》の薄紅色の花びらが、ひらひらと駿の肩に舞い落ちた。

「どうしたのだ？」

梨庵には見えないのだろう。

駿は、明日葉を見あげた。

「ああっ。咲いてる！」

信じられない。

枯れていたはずの桜の古木が――明日葉が、花をつけていた。

ひとつ、ふたつ、みっつ……。十、二十、三十。いや、それどころではない。桜色の網を被せたように、古木の枝をたくさんの美しい花びらが埋め尽くしている。

桜が満開だった。静かに淡く、それでいて力強く咲き誇っている。

まるで涼のようだ。

柔らかな春の風に、明日葉が優しく揺れる。

涙が溢れた。薄紅色の霞《かすみ》がかかったように、明日葉が滲んで見える。

駿は、慌てて着物の袖で涙を拭った。それでも涙は止まらない。

「涼。やったぞ！　ついに、おまえが明日葉を咲かせたんだ！」

桜の花びらが、また一片、そしてさらに一片、肩の上に舞い落ちる。

涼、約束する。俺らしく生きていくよ。

駿は明日葉を見あげながら、力強く胸を張った。

解説

坂井希久子

小説家という存在は大まかに、二種類に分類できる。

小説を書くことのみに秀でた社会不適合タイプと、総合的な能力が高く小説まで書けてしまうタイプである。

後者のタイプとお話をしていると、この方は企業のトップにいてもおかしくないのに、なぜ小説など書いているのだろうと思わされることしばしばだ。私のような小説的才能にすら乏しい社会不適合者にとっては、羨《うらや》ましいかぎり。本作の著者杉山大二郎（敬称略）は、間違いなくこちらの部類に入る。

彼の場合はそもそも、経歴からして華々しい。某大手ＩＴ企業の販売力強化センター長を務めたのち独立し、現在はコンサルタントとして全国を飛び回っている。クライアント企業は数多く、講演会も引っ張りだこ。たいへんお忙しい方なのだ。

それなのに、なぜか小説まで書いている。執筆というのはとかく時間を食うもので、ただでさえ少ない彼の余暇を、確実に食いつぶしているはずだ。

趣味として書いているなら気分転換にもなるだろうが、商業出版となれば少なくとも、編集者が要求する水準と締め切りをクリアしなければならない。そのために、多くの作家が血反吐《ちへど》を吐いてのたうち回っている。ただでさえ忙しいのに、どうしてまたそんな地獄を己に課すのか。

その原動力はおそらく、「伝えたいことがある」という思いからきている。と、勝手ながら推察している。なにせ彼に会うたび私はいつも、「赤いな」と感じるのだ。べつに酒焼けで顔が赤くなっているわけではない。心底に燃える、情熱の赤である。

杉山大二郎が書くものにはすべて、彼の情熱が乗り移っている。すでに本作を読まれた方は、その熱に触れたはずだ。玉宮《たまみや》村という寒村を舞台にした、二人の少年の物語である。

主人公となる少年たちの性質の差は、名づけに表れている。亡き親の思いを胸にまっすぐに生きる駿《しゅん》と、村始まって以来の神童である涼《りょう》。駿は涼に一目置いているが、涼は駿に引け目を感じている。

頭が回るぶん冷静で、涼にはその先の損得まで読めてしまう。だが駿はそんなものお構いなしに、人を助けるためなら凍《い》てつく川にも躊躇《ちゅうちょ》なく飛び込める。

知恵ばかりつけても、行動が伴わなければ意味がない。己の欠点がよく見えてしまうぶん、涼にはその美点を持ち合わせている駿が、眩《まぶ》しくてたまらなかったことだろう。

困っている人のために、己の身を投げ打つことができる。駿才《しゅんさい》という熟語が示すように、駿の字には「優れて立派である」という意味がある。

でも誰だって、自分のことが一番可愛《かわい》い。少しでも得をしたいし、つらい思いはしたくない。できうるかぎりの幸せを、呼び込もうと足掻《あが》いている。

それなのにかき集めた幸せを、独り占めしたって虚《むな》しいだけだ。作者は駿の母の口を借りてこう語る。

「辛《つら》いことはね、誰かと分けると半分に減るんだ。だけど、幸せなことはね、誰かに分けても倍に増えるんだよ」

では幸せとはなんなのか。駿と涼が軽井沢宿《かるいさわしゅく》にある碓氷《うすい》屋の手伝いに赴く第三章「団子屋は団子を売らない」を読むと、作者がその概念をビジネスの根底に据えていることがよく分かる。この章はビジネス小説として読んでも面白く、痛快だ。

さてビジネスの話が出たところで、同じく杉山大二郎名義で出版されている、二冊の本をご紹介しよう。『至高の営業』と、『営業を仕組み化し、部下のやる気を最大化する、最強のチーム創《づく》り　ザ・マネジメント』（ともに幻冬舎）である。

どちらもビジネス書だが小説仕立てとなっており、読み物としても面白い。そのうち『至高の営業』には、こんな一文が出てくる。

「営業マンは商品を売ることなんて考えなくていいんです。ただ、お客様に感謝されるにはどうしたらいいか？　それだけを考えていればいい」

　まさにこれは、「団子屋は団子を売らない」理論である。団子をただ売りたい、儲《もう》けたいというだけでは、いい商売はできない。駿は自分なりに嚙《か》み砕いて、こんなふうに答えを出す。

「わかったような気がするぞ。碓氷屋のような美味《うま》い団子屋に来る客は、団子を食べることで幸せになりたいんだな」

　ビジネスだけでなく、人生に於《お》いても同じこと。「人のためを考えること」こそが、杉山大二郎の基本理念なのである。

　などと、堅苦しいことを書いていたらちょっと疲れてきた。なので少しだけ、私と杉山さん（と、ここでいきなり敬称つき）の関係性について触れておこうと思う。

　杉山さんは歴史時代作家の団体である、「操觚《そうこ》の会」の事務局長を務めておられる。正式名称を〝歴史小説イノベーション「操觚の会」〟といい、ひと癖もふた癖もあるプロ作家たちが、互いに爪を研ぎ合っている。

　そんな恐ろしいところに、なんの間違いであろうか、私も入会してしまった。たしか、二〇一八年のことだった。入会後すぐの飲み会ではガチガチに緊張しており、たまたま杉山さんの正面に座った。

「あの、杉山さん」と呼びかけたのは、なんの話題のときだったか。すかさず杉山さんは、しなを作りながらこう返してきた。

「イヤン、大ちゃんって呼んで」

　普通なら、なんだこの人と思うところだ。だが杉山さんがやると、お茶目で可愛らしくて笑ってしまった。ちなみに私のほうが十ほども歳下《としした》だし、なんなら人見知りも激しい。それなのに一瞬でするりと懐の中に入られて、緊張も解けてしまった。

げに恐ろしき、人間力。それ以来すっかり、「大ちゃん、大ちゃん」と呼んで、懐かせていただいている。こんな人は、そりゃあ仕事ができるはずである。

　実は私は経営コンサルタントという存在に、大いに偏見を持っていた。自称コンサルの知人が何人かおり、故あって指導を受けたこともあるのだが、少し話を聞いただけでも、「この人は自分の言葉で喋《しゃべ》っていないな」というのが分かる。おそらくビジネス書を三冊も読めば、同じ表現が見つかるはずだ。これでお金を取るのかと思うとうんざりして、途中から聞き流してしまった。

　だがコンサルとひと口に言っても、自称レベルから一流まで様々な人がいるわけだ。

杉山さんは決して、借り物の言葉は使わない。難解な横文字を得々と並べ立てたりもせず、誰にでも分かる言葉で話をする。長年の営業マンとしての経験と、己の人生訓がその中にしっかりと織り込まれている。

　これはご本人も活動ブログなどで公言していることだから書いても差し支《つか》えないと思

うが、杉山さんもはじめから、華々しい人生を送っていたわけではない。母子家庭に育ち、経済的に苦しくて、小学五年生から新聞配達のアルバイトを始めたと聞いている。中学、高校も、仕事をかけ持ちしながら勉強を続けたそうである。

つらいこともあったろうし、悔しい思いもしただろう。だからこそ杉山大二郎は「武士だろうが、百姓だろうが、汗水垂らして働いたことが報われなければいけないんだ」と涼に言わせ、駿には「汗を流さずに、銭などもらいたくない」と言わせている。

二人とも、小作人の子供である。額に汗して働く現場の人間が薄給で、椅子にふんぞり返ってそれを統括するだけの立場のほうが、実入りがいい。そんな社会構造は、江戸期も今も変わっていない。不況が長引く日本では、むしろ格差はどんどん広がってゆく。いつの時代も、社会のひずみに苦しめられるのは弱者である。日本の子供は、今や七人に一人が貧困状態にあるという。この社会構造を、どうにかしなければいけない。汗水垂らして働く人が報われないなら、いったい誰が報われるべきなのか。

そんな熱い思いこそが杉山大二郎の中で燃える情熱の正体であり、彼を小説に向かわせる原動力なのではあるまいか。

他の杉山作品を見てみても、『信長の血涙』（幻冬舎時代小説文庫、単行本時タイトル『嵐を呼ぶ男！』徳間書店）しかり、『さんばん侍　利と仁』『さんばん侍〈二〉麒麟《きりん》が翔《と》ぶ』（小学館文庫）しかり、テーマになっているのは弱者の救済だ。たとえ自分自身が貧しい生まれであったとしても、まっすぐな矜持《きょうじ》と努力でそこから抜け出し、人を救う側の立場になってゆく。

そこにあるのはただひたすら、人のためになりたいという強い思いだ。前述の『至高の営業』にも、「強い思いを持っている奴《やつ》が、最後は絶対に勝つ」という一文がある。これはビジネスの話だが、世の中のありとあらゆるものはやはり、人の思いで動いている。

さて杉山大二郎の情熱は、本作の主人公をこの先どのように成長させてくれるのだろう。タイトルに堂々と『大江戸かあるて』と書かれているのだが、今のところまだ大江戸もカルテも出てきていない。

おそらく次の巻で舞台が江戸に移り、様々なドラマが繰り広げられることになるのだろう。

涼の思いは明日葉《あしたば》に花を咲かせたが、駿の思いははたしてどこへ行きつくのか。

ああ、楽しみなシリーズの始まりである。

（さかい・きくこ　小説家）

本書は、集英社文庫のために書き下ろされた作品です。

集英社文庫　目録（日本文学）

集英社文庫　目録（日本文学）

瀬川貴次　暗夜鬼譚　夜叉姫恋変化《やしゃひめこいへんげ》
瀬川貴次　ばけもの好む中将 七　花鎮めの舞
瀬川貴次　暗夜鬼譚　血染雪乱《ちぞめゆきみだれ》
瀬川貴次　ばけもの好む中将 八　恋する舞台
瀬川貴次　暗夜鬼譚　紫花玉響《むらさきたまゆら》
瀬川貴次　ばけもの好む中将 九　真夏の夜の夢まぼろし
瀬川貴次　暗夜鬼譚　五月雨幻燈《さみだれげんとう》
瀬川貴次　ばけもの好む中将 十　因果はめぐる
瀬川貴次　暗夜鬼譚　空蝉挽歌《うつせみばんか》〈前〉〈中〉〈後〉
瀬川貴次　ばけもの好む中将 十一　秋草尽くし
瀬川貴次　暗夜鬼譚　狐火恋慕《きつねびれんぼ》
関川夏央　石ころだって役に立つ
関川夏央　「世界」とはいやなものである　東アジア現代史の旅
関川夏央　現代短歌そのこころみ
関川夏央　女流　林芙美子と有吉佐和子
関川夏央　おじさんはなぜ時代小説が好きか

関口尚　プリズムの夏
関口尚　君に舞い降りる白
関口尚　空をつかむまで
関口尚　ナツイロ
関口尚　はとの神様
関口尚　明星に歌え
関口尚　虹の音色が聞こえたら
瀬戸内寂聴　私小説
瀬戸内寂聴　女人源氏物語 全5巻
瀬戸内寂聴　あきらめない人生
瀬戸内寂聴　愛のまわりに
瀬戸内寂聴　寂聴 生きる知恵　法句経を読む
瀬戸内寂聴　一筋の道
瀬戸内寂聴　寂庵浄福
瀬戸内寂聴　寂聴巡礼
瀬戸内寂聴　晴美と寂聴のすべて（一九二二～一九七五年）1

瀬戸内寂聴　晴美と寂聴のすべて（一九七六～一九九八年）2
瀬戸内寂聴　わたしの源氏物語
瀬戸内寂聴　寂聴源氏塾
瀬戸内寂聴　寂聴仏教塾
瀬戸内寂聴　まだもっと、もっと　晴美と寂聴のすべて・続
瀬戸内寂聴　わたしの蜻蛉日記
瀬戸内寂聴　寂聴辻説法
瀬戸内寂聴　ひとりでも生きられる
瀬戸内寂聴　求愛
瀬戸内寂聴・美輪明宏　ぴんぽんぱん　ふたり話
曽野綾子　アラブのこころ
曽野綾子　人びとの中の私
曽野綾子　辛うじて「私」である日々
曽野綾子　狂王ヘロデ
曽野綾子　観月観世　或る世紀末の物語
平安寿子　恋愛嫌い

集英社文庫　目録（日本文学）

平安寿子　風に顔をあげて
平安寿子　幸せ嫌い
高倉健　あなたに褒《ほ》められたくて
高倉健　南極のペンギン
高嶋哲夫　トルーマン・レター
高嶋哲夫　M8 エムエイト
高嶋哲夫　TSUNAMI 津波
高嶋哲夫　原発クライシス
高嶋哲夫　東京大洪水
高嶋哲夫　震災キャラバン
高嶋哲夫　いじめへの反旗
高嶋哲夫　交錯捜査 沖縄コンフィデンシャル
高嶋哲夫　ブルードラゴン 沖縄コンフィデンシャル
高嶋哲夫　富士山噴火
高嶋哲夫　楽園の涙 沖縄コンフィデンシャル
高嶋哲夫　レキオスの生きる道 沖縄コンフィデンシャル
高嶋哲夫　バクテリア・ハザード
高杉良　管理職降格
高杉良　小説 会社再建
高杉良　欲望産業(上)(下)
高瀬隼子　犬のかたちをしているもの
高梨愉人　二度目の過去は君のいない未来
高野秀行　幻獣ムベンベを追え
高野秀行　巨流アマゾンを遡《さかのぼ》れ
高野秀行　ワセダ三畳青春記
高野秀行　怪しいシンドバッド
高野秀行　異国トーキョー漂流記
高野秀行　ミャンマーの柳生一族
高野秀行　アヘン王国潜入記
高野秀行　怪魚ウモッカ格闘記 インドへの道
高野秀行　神に頼って走れ！ 自転車爆走日本南下旅日記
高野秀行　アジア新聞屋台村
高野秀行　腰痛探検家
高野秀行　辺境中毒！
高野秀行　世にも奇妙なマラソン大会
高野秀行　またやぶけの夕焼け
高野秀行　未来国家ブータン
高野秀行　謎の独立国家ソマリランド そして海賊国家プントランドと戦国南部ソマリア
高野秀行　恋するソマリア
高野秀行 清水克行　世界の辺境とハードボイルド室町時代
高野秀行 清水克行　辺境の怪書、歴史の驚書、ハードボイルド読書合戦
高野麻衣　F ショパンとリスト
高橋一清　編集者魂 私の出会った芥川賞・直木賞作家たち
高橋克彦　完四郎広目手控
高橋克彦　天狗殺し 完四郎広目手控Ⅱ
高橋克彦　いじん幽霊 完四郎広目手控Ⅲ
高橋克彦　文明怪化 完四郎広目手控Ⅳ
高橋克彦　不惑剣 完四郎広目手控Ⅴ

集英社文庫

大江戸《おおえど》かあるて　桜《さくら》の約束《やくそく》

2023年3月25日　第1刷　　定価はカバーに表示してあります。

著　者　杉山大二郎《すぎやまだいじろう》

発行者　樋口尚也

発行所　株式会社 集英社
東京都千代田区一ツ橋2-5-10　〒101-8050
電話【編集部】03-3230-6095
【読者係】03-3230-6080
【販売部】03-3230-6393(書店専用)

印　刷　大日本印刷株式会社

製　本　ナショナル製本協同組合

フォーマットデザイン　アリヤマデザインストア　　マークデザイン　居山浩二

ISBN978-4-08-744501-5 C0193